下世話の作法

ビートたけし

祥伝社黄金文庫

装画／ビートたけし

前置きの前置き——文庫版によせて

この『下世話の作法』が単行本として世に出たのは二〇〇九年三月で、今から二年半前のことだった。日本人が本来持っているはずの「品《ひん》」とか「粋《いき》」とか「作法」とかについて、「下品」を自認する俺《オイラ》が自分なりに考えてまとめた本だ。

それで今回めでたく文庫版になったわけだけど、この本が「二年半前に出された」ってことを、よーく肝《きも》に銘じて読んでほしいと思うわけ。何しろ今現在の日本に起きているあれやこれやを、すでに二年半前の時点で言い当てているんだからね。本の中で言ったことが全部当たってる。だから今、私は自分の予知能力が恐ろしい。

たとえば日本の政治について、この本では当時どう〝予言〟したでしょうか。

二年半前、日本はまだ自民党政権（麻生太郎《あそうたろう》首相）の時代だった。そのあと、二〇〇九年八月三〇日の衆議院議員総選挙で民主党が勝って、「政権交代だ！」と日本中が盛り上がった。俺も軍団の阿部定忠治《あべさだちゅうじ》ってやつを、当時の民主党代表で総理大臣になった鳩山由紀夫《はとやまゆきお》さんに似ているからって理由で「鳩山来留夫《くるお》」と改名させちゃったし。

まあ、それくらい大騒ぎになって、日本人は政権交代に期待をかけたんだけど、本の中で俺はハッキリ断言した。

「民主党政権になったって、日本は全然変わらない」って。

そしたらどうだ、本当に自民党時代と何も変わらなかったじゃないか。「民主党のマニフェストなんて実現できるのかい」って嫌味も言ったけど、二年半が過ぎた今、嫌味が嫌味でなくなっちゃった。「高速道路の無料化」も「子ども手当」も、いったいどうなったんだって。

それから、本のタイトルにもある「作法」で言うと、「金持ちが社会貢献でカネを使うのはけっこうだけど、それを自慢するのは金持ちの作法にはずれる」って書いてある。

今、東日本大震災の被災者支援ということで、ボランティアとかチャリティとか、そこいら中でやっているでしょ。でも、見てたら「作法にはずれる」やつが現実に大量発生して、俺は頭が痛くなっちゃったもの。「私は○億円寄付しました！」なんて声高《こわだか》に叫ぶ金持ちの有名人がいっぱい出てきたけど、まるでそいつの売名がメインみたいで、被災者への思いやりなんてちっとも感じられない。

他人に善意を施《ほどこ》すという行為は、本来、人知れずそーっとやるべきであって、「寄付しました」と声に出すのは、金持ちというか日本人の作法からはずれているんだ。社会貢献は黙ってやれって。

なんて考えてたら、誰とは言わないけど、「あの人の寄付は自分の宣伝が目的で、結局は商売につなげている」って、次第に金持ちが批判されるようになってきた。「あの人はたくさん寄付をしてもソンをしないように仕組んでいる」だって。やっぱりあれだね、このあたりが日本人の品性で、作法にはずれたことは見抜かれるんだ。だから俺が言ったとおりでしょ。どうだ、まいったか。

というわけで、民主党政権のダメさかげんも、日本人としていかに動くべきかも、本書『下世話の作法』にはちゃんと書いてある。とくに大震災のような非常時には、人間の品性が試されるから、この本をもう一度読んで日本人の原点に戻れ、と言いたい。この本は私の『聖書』と言っても過言ではないぞ。だって二年半前の本なんだよ。今、書いたんじゃないんだから。もう、読者は私に服従を誓いなさい。私を教祖様と呼んだっていい。ただのタレントだと思うなよ。

もう少し言わせてもらうと、日本人はじゃんじゃん下品になっている。下品な日本人が増えて、社会全体が下品に下品に向かっている。その理由は本文にも書いてあるけど、あらゆることがおカネ中心になっちゃったからだ。資本主義が日本人から品性を奪い、作法を壊した。

たとえば詐欺《さぎ》師のやつは、自分のことを悪い人間だとは思っていない。騙《だま》す側の自分じゃなくて、騙されるほうが悪いと考える。資本主義の根っこもそれと同じで、「働いて稼いだ一〇〇円も拾った一〇〇円も、一〇〇円は一〇〇円だ」と善悪の区別がない。というか、「悪」も「善」にしてしまう。

そんな感覚が日本中に蔓延《まんえん》して毒されているから、カネを持っているかいないかだけでものごとを判断する、二極分化した社会になっちゃった。いかがわしいＩＴ企業の兄《あん》ちゃんがキャバクラでモテたりしてるけど、ただ単にカネを持ってるだけだからだろう。

だから東日本大震災が発生した翌日には、カネ目当ての窃盗団がもう被災地に入っていたという。そいつらはＡＴＭを根こそぎ持っていったらしい。

もちろん日本人全体がそうなったわけじゃなくて、外国のメディアが感心したように、避難所の厳しい生活環境の中でもじっと耐え、物不足のスーパーやガソリンスタンドに整然と並び、盗みも働かない、そんな日本的美徳を持った人たちがたくさんいる。だけどその片側で、ＡＴＭ泥棒や震災詐欺に精を出す下品なやつらがいることも日本の現実だ。

それから品のない偽善者も増えたね。震災の被災者支援はいいんだけど、「僕にできるのはこの歌を歌うことだけです」とか言いながら自分のＣＤを売ってるやつがいる。それって詐欺商法じゃないか。寄付を売名行為に使う金持ちと、どう違うんだ。

そう言えば、なでしこJAPANが世界一になった時、避難所生活を送る人たちのコメントで「勇気をもらいました」「明日への希望を与えてくれました」ってテレビや新聞でやってたけど、そんなの俺はメディアがつくり出した偽善じゃないかと思っちゃう。

中には「サッカーの世界一を喜ぶより、ここから出たい」「早く義援金を配ってくれ」って言う人もいたはずだよ。だけどそういう声は無視されて、「勇気と感動をありがとう」の合唱だけになってしまう。どうして日本のメディアは偽善で固めた嘘ばっかり流すんだろうか。

それにしても、なでしこJAPANの決勝戦は彼女たちにとって勝負どころだったね。俺が言う「勝負どころ」っていうのは、ゲームの勝ち負けのことじゃなくて、それこそ日本人としての品や作法を世界に知らしめる大チャンスって意味だけど。

この本の最初のほうにも書いたけど、日本人は勝ち負けの決着がついた時、負けた相手に敬意を払って派手に喜ばない。悔しくて落ち込んでる相手に気を使って、無駄な喜び方をしないのがジャパニーズの伝統的な美徳でしょう。

なでしこJAPANは優勝した瞬間、まさにそのジャパニーズの美徳を見せる晴れ舞台に立てたはずなのに、相変わらず外国人と同じようなパフォーマンスをやってしまった。優勝して、一礼だけして静かに会場から帰っていけば、日本を全世界に売り出すチャンスだったのに。

なんて思ってたら、決勝で負けたアメリカの美人キーパーが、現地のテレビでこんなことを言っていたという。

「PKで試合が決まった後、日本の宮間《みやま》あや選手が私に歩み寄ってきました。その時、彼女は笑顔ではなく、喜びを露《あら》わにしていませんでした。負けたアメリカに敬意を表したかったのでしょう。彼女は私たちがどれほど傷ついたか分かっていたのです」

だから日本は尊敬すべき国だ、とも言ったらしいね。

この「傷ついた相手に敬意を表する」姿勢が日本人の原点なんだ。

まえがきの最後にもう一回言うけど、よーくこの本を読んで、日本人の原点に戻りなさい。この本は私の『聖書』である。分かったか。

二〇一一年九月

ビートたけし

前置き

貧乏と下品も、突き詰めれば品格を持つ（なんてね）。

——ビートたけし

「品《ひん》」とか「粋《いき》」っていうことを意識しはじめたのは、いつごろからだろう。

知ってのとおり、俺《おれ》の生まれは東京の足立区《あだち》梅島《うめじま》ってとこで、下町といえば下町だけど、谷中《やなか》とか千駄木《せんだぎ》とか情緒ある下町とは大違い。俺のガキのころなんて、住んでる人は貧乏だわ、学歴はないわ、ガラは悪いわ、文字どおり「下《げ》」の「町」だった。俺もその一人なんだけどね。

で、下町の貧乏人の子に生まれ、浅草《あさくさ》の貧乏芸人として底辺の生活を送った男が、どうしたわけか這《は》い上がり、今じゃカネを持ってエルメスなんか着ちゃってる。靴までエルメスだったりして。

どう考えたって、こんなの下品の極《きわ》みだよ。下品で下世話《げせわ》なお前に「品」を語る資格があるのかって言われちゃう。

だけど俺がよく言う「振り子の原理」にしたがえば、貧乏で究極の下品を知ったぶん、振り子は真反対に振れて、究極の上品というのも分かるんじゃないか。

突き詰めた貧乏と下品は、品格を持つ。貧乏と下品も慣れれば上品になるって、まあ理屈だけど、そんなわけで俺は「品がいいこと」「粋であること」を、いつの間にか大切にするようになったの。

今の時代、不況だ、カネがない、仕事がない、寝るところもないって、昔の足立区に逆戻りみたいになっている。昔はもともとが貧乏だから気にならなかったけど、一度豊かさを味わった今の人は不安でしょうがなくなる。自分のよりどころが消えたように感じるのかもしれないね。

でも、よりどころはあるよ。

それが「品」や「粋」だと思うんだけど。

目次

1 品《ひん》

品がある人は分相応《ぶんそうおう》の生き方を知っている

2 夢

夢をかなえたらそこで人生は終わる

3　粋《いき》

本当のかっこよさは気の使い方に現われる

4 作法

サルがパンツを穿《は》いた瞬間から作法が始まった

5 芸

生き方を「芸」にできれば品はよくなる

装丁/坂川事務所

1

品《ひん》

品がある人は分相応《ぶんそうおう》の生き方を知っている

「礼」がなくなって日本人は下品になった

オリンピックでも世界選手権でも、スポーツの大会を見てて思うのは、いかに間抜けな競技がいっぱいあるかってことだ。スキーのモーグルが人気らしいけど、俺にはただの曲芸にしか見えない。スケートだってショートトラックっていうの？　あの狭いとこをぐるぐる回るやつ。昔の後楽園《こうらくえん》遊園地みたいなことをしてさ。ローラーゲームを思い出しちゃった。お前は東京ボンバーズかって、今そんなことを言っても若いやつは誰も知らないか。

じゃあ何だい、ビーチバレーっていうのは。何がいいのかさっぱり分からない。あの海水パンツみたいなユニフォームは、いったいどうなってるんだっていうの。あんな格好する必要はないじゃん。

水着でバレーボールやるのが立派なスポーツだって言うのなら、「ビーチ体操」があってもいい。あと「ビーチ野球」とか。ビーチ体操でTバック穿《は》かせて、「思い切り足を上げろ」「食い込みが足りない」ってやれば、もっと客が増えるかも分からない。

それか「ビーチボクシング」。アロハシャツを着て殴り合うというね。代表選手は各国のヤクザで、ヤクザ同士で対決するんだけど、思わず「誰に断わって勝負してるんだ」って、レフェリーまで怖い人だったりして。休憩のコーナーにはかき氷のセットが置いてあって、セコンドがシロップをかけてあげる。三分間戦ったらコーナーに戻ってかき氷を食って、また出てきて殴り合う。江《え》の島《しま》の海の家みたいなのがいい。

なんてことを言うのも、今の日本人のスポーツ選手って、試合前から「死ぬ気で行く」とか「叩《たた》き殺してやる」とか、そんな下品な言葉をいつから口にするようになったのかという思いがあるからでね。勝ったら勝ったで雄叫《おたけ》びを上げたり大げさなガッツポーズをつくったり、日本人なのに外国人みたいなオーバーアクションをするじゃない。

日本は柔道を外国に売り渡しちゃったからいけないんだと思うけど、やっぱり日本の武道とか伝統的なことを考えりゃ、外国式のリアクションは慎《つつし》むべきだよ。ジャパニーズのかっこよさとは、自分の喜怒哀楽《きどあいらく》をあまり表に出さないで、つねに相手を気遣うところにあるんだから。柔道も剣道も「礼に始まり礼に終わる」のが基本なんだろう。それは相手を思いやる謙虚な気持ちを持ちなさいってことじゃないの。

試合で勝つっていうことは、つまり負けた相手がいるわけで、相手は家族から国民からみんなに応援されて、なのに試合に負けちゃった。われわれだって夜中にテレビを見ていて、試合で日本の選手が負けるとガックリするでしょ。それと同じことを相手に思わせているんだから、もう少し気を使ったらどうなんだって。勝ったからって派手に喜んじゃいけない。勝っただけで自分はもう充分だというような態勢でいるべきじゃないか。

つねに相手を思いやる、人に気を使うという日本特有の精神構造をもう一回持たないと、日本人はかっこよくならないと思う。

ごはんは黙って食べよう

日本の文化のあらゆることに、いつの間にか日本らしさがなくなった。J-POP《ジェイポップ》なんか聴いてると、「愛をありがとう」「僕は君のために生きている」とか下品な文句がいっぱいだ。何が下品かって、歌詞はものすごく大げさなのに中味が薄っぺら。人間関係が希薄《きはく》で、アメリカやヨーロッパの歌詞をそのまま日本語に直したようなのばっかりなんだ。

「君のそばにはいつも僕がいる」なんて、わけの分かんないことを言ってるけど、そんなものは一度全部やめたらどうだ。『万葉集《まんようしゅう》』でも『源氏《げんじ》物語』でも、やっぱり古くからある日本の文学を基盤にして、味のある言い回しや奥ゆかしい表現というものをするようにしなきゃいけないよ。

それから「僕が、僕が」「私は、私は」ってばかり言っていないで、決して前にしゃしゃり出ない日本人本来の人間性について、もう一回考えないといけないんじゃないかと思う。

どうも最近の日本人は下品になって、人前で飯《めし》がうまい、まずいと大きな声で平気で言う。それに、その飯がいかにうまいかを言うことが仕事になったりする。そんな下品な話がどこにあるんだ。

うまいものはうまい。食ったやつがそう思ってればいい。日本人なら飯を食った時に、うまい、まずいとは感じても無口であるべきで、食い物はしょせん殺生《せっしょう》したものなんだから、もともと飯を食うことに罪の意識がなきゃおかしいじゃねえか。だから黙って食えって。お百姓《ひゃくしょう》さんたちに感謝するのはもちろんだけど、「あそこの飯はうまかったぞ、高いんだぞ」って自慢してどうするんだっていうの。

レストランに行ったら、ワインの種類をよく知っているやつが、おねえちゃん相手に蘊蓄《うんちく》をたれている。「このブドウの酸味《さんみ》は土壌《どじょう》の成分と天候によってどうのこうの」「二〇〇五年もののボルドーは二〇〇〇年ものよりも値段がどうのこうの」って、うるさいよお前は。よく知っているのはいいから黙っててくれねえか。ワインの種類を覚えるより、知っているけど知識をひけらかさないという品のよさを覚えるほうが先だろう。

客はそのレストランの飯がうまかろうがまずかろうが、それなりの表情で食べることがベストでね。お店の人に「おいしかった。ごちそうさま」って言うのはまだ許せるけど、「この飯、まずいよ」と言ってはいけないんだ。まずかったのなら二度と行かなければいい。値段と味と質を見て、合わないなあと思ったら行かなきゃいい。それぐらいのルールをわきまえておかないと、本当に下品なことになっちゃう。

食い物はただ腹にしまえばいいんだ。みんな食い物評論家になっちゃって、いちいち「あそこはうまい」「ここはダメだ」って点数つけるようなことが食事に際しての基本的な会話になってしまってるけど、そうではないだろう。

田舎者《いなか》が三ツ星レストランに押しかける

『ミシュランガイド』がフランスから上陸して、日本人は星のついたレストランに押しかけるようになった。三ツ星じゃなきゃうまくない、何だこの店は星がついてないじゃないかとか言ってるけど、それは田舎者《いなか》のすることだよ。地方に生まれたから田舎者なんじゃなくて、都会で生まれても下品なことをする田舎者。新しもの好きで珍しがり屋の、言ってみりゃ「精神的な田舎者」だと思う。自分の判断なんてひとつもない。そういうやつらが日本には増えた。

ちゃんとやってるレストランじゃ、「うちの店に星なんかつけるな」と怒っているところがある。『ミシュラン』には載《の》せない、取材はお断わり、週刊誌にも出さないでくれっていう店もあるわけだ。だって変な田舎者に来られたら迷惑だから。そんなやつらに予約されちゃったらかなわないと言っている。

だけど田舎者は、貧乏でカネもないのに「あそこの三ツ星レストランに行ってみようか、面白いから」と出かけていっちゃう。必死でカネを貯めたりしてね。頭の中は田舎者なんだから、それはしちゃいけないだろう。恥ずかしいと思わないのか。お前なんか食うんじゃねえ。

六畳一間のアパートに住んでてヴィトンのバッグを買っちゃうのと同じで、無理して背伸びをするんじゃないっていうの。家とバッグとどっちが大事なんだか分からない。車を買ったら家賃が払えなくなったって、車の中に寝ているのもいる。困ったやつだな。

食い物の味も分からずに、ただ星がついているからレストランに行く。こんなばかな話はないよ。レストランでも何でも、自分が払える範囲の中で自分で星をつけるぐらいの気持ちがなきゃダメなんだ。それが日本人的な考え方のはずだろう。自分にとって「浅草《あさくさ》のあのトンカツ屋がいちばんうまい」のなら、それでいいわけでさ。自分の生活の中で関わった店の味だけ分かっていればいいんであって、無理に自分の範囲から飛び出していく必要なんかない。

「行列ができる人気店」に並ぶんじゃないよ

俺のおふくろは食い物屋に並んだりするのが大っ嫌いだった。「並ばないと食えないんなら、食わなきゃいいんだ」とよく言われたもん。相応に食いなさいということだけど、そこには誇り高さみたいなものがあった。

昔、浅草の松屋《まつや》デパートなんてひどかったよ。レストランで食券《しょっけん》買ってさ、席まで行って、まだ食ってるやつがいるのに後ろに立ってるんだもん。「おーい、ここの席、もうじき空《あ》くよ」なんて連れを呼んだりして、食ってるやつはお茶も飲んでいられない。せっかく家族で食ってるのに、別の家族連れが後ろから見ていて「この席、もうじき空くから」って言いながら、「さっさと食いやがれ」と無言の圧力をかけている。おふくろはそういうの知ってるから「並んでまで食うなんてみっともない」ってよく言っていた。
だけど今だって同じじゃん。「行列のできるラーメン屋」に並んで何時間も待たされたりして。それは並ばせるラーメン屋のオヤジも悪くって、オヤジは「並んでくれ」じゃなく、本当は「並ばないでください」って言わなきゃいけないだろう。並ばせておいて恥ずかしくないか。客を並ばせるということがいかに恥ずかしいか分かってないし、そういう店に限って客を邪険《じゃけん》に扱う。

客も客だよな。行列に並んで何時間も待たされて、やっと一杯のラーメンを食う。そんな思いまでして食っているやつの情けなさったらありゃしない。それじゃ腹を減らした動物と同じじゃないか。

人間は動物と違うんで、人間にはちゃんとした食い方がある。人間は本能だけで食うわけじゃないだろう。動物は生きるために食わなきゃいけないから、殴られようが蹴られようが食い物にむしゃぶりつくけど、人間はただ生きるためだけに食っているわけじゃないという文化が一応あるわけだ。

並んでまでして飯を食うのは文化なのかね。サラリーマンが「昼飯は立ち食いそば屋ですませるんだ」なんて言いながら、混んでるそば屋に並んでる。それで、やっとありついた天玉《てんたま》そばか何かをバーッとかき込んで帰っていく。それはとても文化とは呼べないだろう。

そのくせ、もう片一方で「文化」を語るばかがいる。何を言ってるんだ、こいつって思うよ。「あの映画のカット割りは」とか、いっぱしの評論をするんだけど、単なる情報に踊らされているだけで、自分の身についた文化が一個もない。その前に、お前のそばの食い方はいったい何なんだって。

スーパーの安売りは日本人の精神まで安くした

どうして日本に、そういう文化のない精神的な田舎者が増えたんだろうか。

やっぱり、ある部分は資本主義のせいじゃないかと思うんだね。大量生産、大量販売と大量消費。大きいスーパーがじゃんじゃんできちゃって、昔からの商店街がなくなった。スーパーは安くて都合のいいものを大量に売りだしたけど、その代わり店と客との人間関係が消えちゃった。

スーパーができる前の時代は、商店街で用もないのに乾物屋《かんぶつ》のおばさんとしゃべったり、何か買うとおまけしてもらったり、そんな世界があった。商店街が保《たも》たれて、その中で店の人と客の人間関係も生まれていたんだ。それが今度はスーパーだと、ただ安いものを売ってるっていうだけで人間関係は一切ない。レジのおねえちゃんと顔見知りになってるやつっていったら、単なるストーカーだけじゃないか。あと万引きとか。

スーパーじゃ、ただ事務的にものを売っていて、客も事務的に買って帰るという行為が繰り返されるだけだから、じゃんじゃん殺伐《さつばつ》としてくる。そうすると平気で強盗が入るようになる。スーパーとかコンビニには強盗が入るけど、昔の乾物屋には強盗は入らなかった。なぜかって、店と客が顔見知りだから。

商店街と違うのは、今のスーパーでもコンビニでも、店のほうはものさえ売れればいい、客のほうは安いものが買えればいいんだってことで、人間関係がつくる文化をはずしちゃってることだ。立ち食いそば屋に並ぶのと何も変わっていない。スーパーのレジに並んでる姿は、立ち食いそば屋で待ってるサラリーマンの行列と同じじゃないか。

昔の日本だったら、いくら貧乏でも「あそこの店は安いから」って並ぶような真似《まね》はしなかった。そんなことまでして買いたくない、貧乏だけどそこまでして食いたくないという誇りを持っていたはずなんだ。本当はやせがまんなんだけど、今はやせがまんがなくなって、開き直るようになってしまった。「貧乏だけど恥ずかしいことはしない」じゃなくって「貧乏だもん、しょうがないじゃないか」というね。要するに格差をそのまま認めてしまっている。

昔の人は自分が貧乏なことを認めるし、格差も認めるけど、精神は貧乏じゃなかった。貧乏人にも誇りがあった。経済的に恵まれない状況でも、精神まではその状況にどっぷりつからない。どこかで踏みとどまることができていた気がする。

今の人は踏みとどまらないからね。子どもが親や先生に反発するのと同じで、勉強ができない子どもは「お前はばかか」って言われると「僕、ばかだもん」と平気で答えちゃう。親が「どうして勉強やらないの」と言うと、子どもは「『どうして』って、どうして?」なんて、わけの分かんない答えをするけど、いつの間にか大人も子どもみたいな開き直りをするようになった。今のやつらの開き直りは単なる詭弁《きべん》でね、精神的な誇りは一切ない。そんな時代になってしまったんだ。

そうさせたのは国とか大資本の計算で、精神的な誇りをなくそうとした結果だよ。大量販売の宣伝って、安さをすごく強調するじゃない。「安いよ、持ってけ泥棒」とさんざん宣伝して客に商品を持っていかせる。「持ってけ泥棒」なんだから、客は泥棒したのと同じでさ。テレビショッピングで「驚きのお値段です。こんなことがあっていいんでしょうか」って宣伝するけど、みんな疑いもしないで買っている。その宣伝費はどうなっているんだって。

要するに国を挙げて情けない人間をつくった。経済的によくしていったぶん、日本人から誇りを奪った。だから格差は国がつくったんだけど、日本人はそのまま受けいれてしまっている。

昔の下町は、まるで「村」だった

俺がガキのころの足立区《あだち》は、うちの近所の人には失礼だけど、経済も教育も最悪の水準だった。一口に足立区といっても大きく二つに分かれるっていうか、都心から行くと隅田川《すみだ》を越えたところが千住《せんじゅ》で、その先の千住新橋で荒川《あら》を渡ると俺が生まれた梅島《うめじま》とか、大師《だいし》さんで有名な西新井《にしあらい》になるの。もっと先が竹《たけ》の塚《つか》で、これが東京の北のはずれ。

千住は日光《にっこう》街道の宿場《しゅくば》町だから、まあまあ賑《にぎ》わっている。だけど俺ん家《ち》があるほうの、荒川の北側はひどく貧乏だったわけ。みんな中学を出ると当たり前に働きに出てたし、俺みたいに高校へ上がるのは珍しかった。終戦直後のどさくさっていうこともあるけど、貧しい人ばっかりで、そういう貧乏人がやる内職をヤクザが仕切っていたりしてね。えらくガラが悪かったし、まあ、ろくなもんじゃない。

貧乏が空恐《そらおそ》ろしいのは、貧乏人の中にもさらに差別を生むことだね。俺がいちばんいじめられたのはタクシー運転手のせがれで、「このペンキ屋」って、ずいぶんやられたもんな。

今から考えりゃ信じらんない話だけど、タクシーの運転手って昔はすごく威張《いば》ってた。タクシーは車の運転ができて、お客を乗せる商売だから、その時代としてはちょっと上の地位にあったんだ。ペンキ屋は服に塗料がついたりして汚《きたな》いから、下に見られたんだろうね。だから俺のことをばかにするんだけど、俺は俺でお百姓さんをばかにしてたし。

今の格差どころじゃないよ、差別の度合いは。国が貧しいと、世の中も人間もそれぐらい歪《ゆが》む。お医者さんなんて、今はすぐに訴えられたりするけど、昔は神様みたいな存在だった。熱を出したりすると「お医者様に来ていただきましょう」って大騒ぎしてさ。診《み》てもらうほうは医者の言いなりで、具合がよくならなくても文句なんか言えない。

「先生、治療に失敗したでしょう」なんて言ったやつはいなくって、訴えるという行為自体をみんな知らなかった。だからたぶん昔は医療過誤《かご》も当たり前で、いろんなやつが死んでいる。盲腸だって手術に失敗して死んでるもんな。よく考えたら近所には「生還率二〇%」っていう病院があった。

ただ下町の人は、そんな状況をどこかで諦《あきら》めていたところがある。それで一帯は村みたいでね、住んでる人が義理堅かった。買い物は行く店が全部決まっていて、乾物屋はあそこ、お寿司屋さんは何とか寿司、そば屋はどこどこ、洋服はここって、そのお店以外には買いに行かない。たまに松屋デパートに行くぐらいのもんで、日常生活はみんな同じとこですませちゃうの。

ある時、近所に新しい寿司屋ができた。普通なら新装開店で客が入りそうなもんだけど、誰も行かない。おふくろなんか「あんなとこ行って、見っかったらどうするんだよ。すごい失礼じゃないか」って言ってた。前からあるお寿司屋さんを裏切ったみたいな感じになるんだね。近所の人もみんなそうだから、その新しい寿司屋はすぐ潰《つぶ》れちゃった。

それぐらい人間関係が濃密で、みんなが支え合って生活してたようなところがあるから、東京の下町といってもやっぱり村だよ。

前からある寿司屋には、小学校の先生たちがたまに食いに行っていた。で、その寿司屋は運動会や遠足があると、弁当を持ってこられない子どものために飯をつくって差し入れてくれたの。そういう時は近所の人たちも「あそこの子はお弁当が持てないだろうから」って、ちょっとずつおカネを出し合ってね。寿司屋とかうどん屋に頼んで弁当を用意してもらったり、組織的なつながりがものすごく強かった。妙なところなんだ、下町は。

知らない人間は無視する下町の品格

でも何て言うんだろう、下町は人情があっていいですねとか、一方的に礼賛《らいさん》するのは間違いだよ。俺は『男はつらいよ』シリーズを見てて、山田洋次《やまだようじ》監督っていうのは絶対に下町出身じゃないなと思ってた。そしたら案の定、大阪の人だった。

何考えてるんだと思ったもん。フーテンの寅《とら》さんなんて、あんなの下町にいるわけがないじゃないかって。どう考えたってテキ屋でヤクザでしょ、車寅次郎《くるまとらじろう》って。ヤクザの兄貴が家にぶらっと帰ってきたら、みんなで怒るよ。

普段は見かけないテキ屋が、突然下町に帰ってきて「おい、青年」とか言われたら、ふざけんな、また帰ってきやがったって。すごく怒るのに、「寅さん、よく帰ってきたね」だって。そんなこと言うわけないじゃん。

下町っていうのは、縁のないやつと関わり合いになりたくないだけで、あとはどうでもいい。自分の生活の範囲の中で人間関係を築いて、それ以外に関心はない。だからそのぶん、他人に迷惑をかけないで生きていられるんだ。

昔、うちの近所に芸能人が越してきたことがある。坂本九さんのバックか何かやってる人で、それだけでも近所には「サインくれ」と訪ねていくばかもいて、そういう時のまわりの反応が面白かった。

ひとつは「サインなんかもらいに行くんじゃない、迷惑がかかるだろう」。

もうひとつは「放っておけ、あんな人」。

それから「あいつ、有名になんかなりやがって。ばかだなあ」。

とにかく関わりたくないんだ。

江戸時代の農村は、村の掟に背いたやつを追放したんでしょ。それと同じで下町は仲間同士の結束が強いから、仲間には「うちで飯でも食ってけ」とか言ったけど、見ず知らずの人は徹底的に無視する。「いいから泊まっていきなよ」なんて、そんなことはありえない。だから泥棒が下町に入ってくると、すぐに分かった。どこかでものが盗まれたら、「泥棒はあいつです」って。知らないやつが来ているからだって。

そして誰も下町に来なくなった

とはいうものの、下町だって悪いやつはいる。俺は南千住で何回もかつあげ食らったし、自転車を盗む子どももはいるしね。

でもそのやり方がおかしくって、自転車を黙って持っていくんじゃないの。どこかに鍵《かぎ》のかかった自転車が置いてあると、勝手にまたがっちゃう。それで持ち主が来るのを待ってて「俺が拾った」って言う。

「拾ったじゃないだろう。置いてあるんだ。そんなもの捨てるわけがないだろう」

「いや、俺が拾ったんだ」

だからカネくれって。拾ってやったんだからカネよこせって言うやつが多かった。あと、おでん屋が屋台を引いてくると、蓋《ふた》を開けて食っちゃうしね。そりゃ、おでん屋も怒るよ。

「お前、何やってるんだ」

「何もしてない」

「食ってるじゃないか」

「食ってない」

「向こうへ行け、このガキ。ついてくるんじゃない」

それでもついていくの。

「屋台、押してやろうか」

「いいよ、押さなくても」

それでまた蓋を開けて何か食っちゃう。

「このやろう、タコ食ってるだろう。口から出てるじゃねえか」

「食ってない。これはベロだ」

「そんな吸盤《きゅうばん》のついたベロがあるか、ばかやろう」

しまいには、おでんのつゆを柄杓《ひしゃく》で引っかけられちゃってさ。みんな熱い熱いって言うわりには、口を開《あ》けちゃったりして。

「何でお前の口におつゆをかけなきゃいけないんだ」

なんて言いながら、おでん屋は「もう二度とこんなとこ来ねえ」って怒る。「この貧乏人」って捨て台詞《ぜりふ》を残して行っちゃった。

それから紙芝居のおじさんもよくやって来た。自転車の荷台に紙芝居を積んでね、紙芝居を見せながら水飴《みずあめ》とかソースせんべいとかを売って、子どもからカネをとるんだ。普通は自転車をいったんどこかに置いて、「紙芝居が来たぞ」と拍子木《ひょうしぎ》を鳴らして近所の子どもを集めるんだけど、そのうちに自転車がなくなってる。

「このへんに紙芝居の自転車がなかったですか」って聞いて回ったりなんかして、そしたら子どもたちが乗っていっちゃったという。公園で勝手に飴を食って、自分たちで紙芝居をやっていた。

「何だこのやろう。もうこんなとこには来ない」

おでん屋も紙芝居も、必ず「こんなところには来ない」って言って帰っていく。

なぜ貧乏な下町の職人がかっこいいのか

俺の父ちゃんは、もともと漆塗《うるし》りをやっていて、それからペンキ屋になった。近所は父ちゃんみたいな職人ばっかりで、うちの向かいには大工の棟梁《とうりょう》が住んでいた。

だからガキのころ、よく職人さんに世話になったよ。小学校や中学校で工作の宿題が出るじゃない。木工の宿題で、学校から木をもらって何かつくるってやつ。船とかつくんなきゃいけなくて、学校の帰りに工事現場に行ってね、そこにいる大工さんに「おじさん、この木を切ってくれ」って頼むんだ。

おじさんは「何だばかやろう」なんて言いながら、「ほらよ」ってノコギリでパパッと切ってくれる。そしたら、現場にいる他のやつも集まってきて「船はなあ、こうやってなあ、そうだ煙突《えんとつ》もつけたほうがいい」とか、じゃんじゃん凝《こ》りだしちゃって、とんでもない船ができあがっちゃう。

「お前、小学生じゃこんな船つくれっこねえだろう。鑿《のみ》まで使いやがって、どうすんだよ」

仲間同士でもめたりして。でも面白かった。

職人っていいなと思うのは、サラリーマンじゃない自由さがあるところだね。組織に縛《しば》られないから、ちょっと自分の意思が出せる。職人気質《かたぎ》というかさ。

下町の職人は仕事が終わると、決まって小汚い居酒屋で酒を飲む。いつも行く店が決まっていて、作業着のまんま酒を飲んで「ああ、うめえな」と呟《つぶや》く。その姿がかっこいいんだ。

いつも同じ安い店で、違うとこには行かない。違う店は似合わない。酒もずっと同じもの。「ウイスキーなんかいらねえや。ばかやろう、日本酒に決まってんじゃん」なんて言いながら、日暮れにポツンと飲んでいる。そのうち、いろんな現場から職人が帰ってきて、同じ居酒屋に固まるんだ。

大工も左官《さかん》屋も近所のやつで顔見知りだから、「おーい」って席に呼んでね、「これ食えよ」とか言って。「どうだい、調子は」「うるせえな。大きなお世話だ、ばかやろう」って軽口叩《ぐち》いたり、「あの棟梁はダメだ」「今やってる家の建てつけが悪くってよ」なんて愚痴《ぐち》が始まる。

ぶつぶつ文句たれたり、笑ったりしながら酒を飲んで、肴《さかな》も煮込みとかもろきゅうとか粗末なものばっかりなんだけど、それでも何か、かっこいいんだよね。

それは人生を達観《たっかん》しているところがあるからだと思うよ。「俺はこれでいいんだ」って納得してる。「将来、この仕事で成功してワッと行こう」なんて全然考えてない。ある程度は食うに困らないし、贅沢《ぜいたく》はできないけど暮らしはまあまあだし。それで「毎日の仕事帰りに酒が飲めるなんてさ、こんな幸せなことねえ」って感じで飲んでいるの。そのへんの雰囲気がいいなって思う。

おカネは本来、汚いものなんだ

貧乏は恐ろしいし、貧乏暮らしは誰だって嫌《いや》だけど、身のほどを知っていればつらくはならない。カネを持つということは本来は下品なはずで、昔の金持ちは品がよかった。何でかって、カネがあることを見せびらかさなかったから。

欲を丸出しにすると下品になる。本能って言い換えてもいいけど、腹が減ったから飯を食う、カネが欲しいから儲けるじゃあ、本能だけで生きてる動物と変わらない。

江戸《えど》っ子が昔から「宵越《よいご》しの銭《ぜに》は持たない」と言うのは、俺の解釈だと貧乏な庶民のせめてもの誇りであって、「自分はカネのために生きてるんじゃない」「カネなんか貯めてどうするんだ」というカネの亡者《もうじゃ》に対する嫌がらせでもある。カネというのは不浄《ふじょう》なもので、カネを大量に扱うのは罪をかぶることだと昔の人は知っていたんだ。

だから昔の金持ちは絶対に目立たない格好をしていたし、逆に金持ちに見える格好をしてたやつは下品な金持ちだった。品のいい金持ちは、そんなやつのことを「あいつはダメだな。カネばっかりになって、派手な格好をして。カネがあるならもうちょっと社会のために使わなきゃ」と内心でばかにしていた。

今もすごい金持ちはいるけど、この人は本当に大金持ちなんだろうかっていうぐらい目立たない。何気ないし、腰が低いんだ。目立つやつはみんな成金《なりきん》で、ワーワー言ってカネがあるのを見せたがる。そういうやつは、よっぽど若い時からカネに苦労したんじゃないかと思うね。

それで、成金に限ってケチなんだよな。カネを見せびらかすやつって絶対におごってくれない。何で金持ちなのにケチなんだ。下品でしょうがない成金でも、昔は振る舞ってくれたんだけどな。

たぶん今の成金は、カネを持つということに対する教えが身についていないんじゃないか。カネは不浄なものなんだから、使う時はきれいに使うべきだっていうさ。どうやってきれいに使うか考えなきゃいけないのに、今は汚いカネを汚く使ってるんだもん。

ＩＴ長者とか今の成金のやつが何にカネを使うかって、有名になりたい、うまいものを食いたい、いい女とやりたいってだけで下品な目的でしかない。カネは自分の欲のためだけに使っていて、社会貢献なんて端《はな》っから頭にないんだから困っちゃう。

俺は前にも取材で話したんだけど、自分なりに実にずるいと思うのは、カネを全部かみさんに任《まか》せていることだ。なぜかというと、俺は汚いカネに手をつけたくないからで、汚いものは全部かみさんに押しつけている。それをかみさんは気づいていないんだ。

俺が稼いだカネでマンション買ったり不動産経営をやってるけど、かみさんにしてみれば、「やっぱりうちの人は私に全部任せてくれてる」って、汚いことをさせられているのに気がついていない。俺の小遣いとか、家賃とかガス代とか細《こま》かいことまで全部計算しなきゃいけないし、下品なことをやらされているのに気づかないの。俺に言わせりゃ「そんな不浄なものを扱ってられるか」なんだけどね。

外国の金持ちにたかられちゃった夜

下品な金持ちは外国にもいて、ロサンゼルスでとんでもないやつに会ったことがある。

エディ・マーフィーも来るとかいう有名な日本食レストランで、俺《おい》らがそこにいたら、クロアチアだかどこか東欧系の大金持ちが入ってきた。それで何でだか知らないけど、そいつが喜んじゃって「ワインをおごる」と言いだした。

そのうちだんだん舞い上がって、「全員におごる、何でもおごりだ」って店じゅうの客にやりだしたの。つまり自分がいかに金持ちかってことを見せたくて、全員におごっちゃった。俺らは喜んで飲んじゃった。いい人だった。

そいつはきっと、今まで相当苦労してきたんだと思うよ、社会主義の国で。それが社会主義が終わって、何かで大儲けしたんだろうな。今のロシアの石油成金みたいなもんで、急に大金を持っちゃった。だからうれしくてしょうがない、俺は金持ちなんだって自慢したい。そのへんは昔の日本の成金と変わんないわけ。

あと、日本に来ている外国人でも変なやつがいた。

俺がある日、急にジョギングしようと思い立って、家の近くを走りだしたら「タケシ、タケシ」って外国人が近寄ってきたの。何か英語で話しかけてくるから「俺はあまり英語は分かんねえ」って言ったら、日本語で「アナターノ、エイガーノ、ファンデース」とか言って名刺をくれた。

そいつは日本のメガバンクで投資コンサルタントやってて、M&Aの専門なんだって。ドイツ系のユダヤ人だという話だった。仕事の関係で日本と外国を行ったり来たりらしいんだけど、「僕はあと一週間日本にいますから、食事でもしませんか。ごちそうさせてください」って、名刺に電話番号を書いてくれたわけ。

でも何か面白そうだから、「俺のほうがあなたを食事に誘うよ」と言ってやったら、「えっ」て驚いて。

「本当か？」

「本当だよ。誰か友だちでもいないのか」

「じゃあ、一人連れてくる」

というわけで俺が寿司屋を予約して待ち合わせした。

時間どおり、そのM&Aのやつが友だちの外国人とやって来て、俺の弟子の若い衆も一緒になって食いはじめたら、そいつらは「スシ、ダイスキ」とか盛り上がっちゃって、じゃんじゃん食うんだ。ワインも高いのを飲んじゃう。まあいいやって俺も飲んでたんだけど、さんざん食ったし酔っぱらったから帰るって時になって、M&Aのやつが財布を取りだした。

それで「ドウモアリガトウ」って一万円札を一枚。何で一万円なのか。二人で一万円はないだろう。けっこう高い寿司屋なんだよ。ワインだってシャトー・ムートンとか高いやつを二本も空けて、トロとかマグロばっかり食いやがってさ。それで「私たちの分です」って一万円。

サブプライムが問題になる前の話で、あいつら金融やってるんだから、絶対に年収何億とかもらってたはずなんだ。金持ちそうな格好してたもん。なのに一万円。一人五〇〇〇円。

エルメスを着る私は、なんて罰当《ばちあ》たりなんだろうか

やっぱりおふくろの影響って大きくて、よく言われたのが「銀行なんてただの金貸し」「株は博打《ばくち》」「クレジットは借金」ということ。「お前、カネなんか借りたらろくなことないよ。友だちなくすよ」ってしょっちゅう言われた。だから俺はカードローンなんて組まないし、だいいちカードを持っていない。

浅草で漫才やってるころ、一回だけ人にカネを借りたことがあって、それでいちばん嫌な思いをしたね。衣装がなくて五万円かそこら借りたんだけど、その五万を返すのがたいへんだった。借りた時はありがたかったのに、そのうち貸してくれたやつが鬼に見えるようになった。

返してくれって言われて「嫌だな、あのやろう」と思うんだけど、借りたのはこっ

ちじゃん。「嫌だな」って思うのも何か気持ち悪いし、じゃあ借りなきゃよかったじゃんてことになる。おふくろの言っている意味がよく分かったね。「カネを借りたらろくなことはない。友だちから借りたら友だちじゃなくなる」って。

その点でうちのかみさんは、おふくろに通じるとこがあるかもしれない。不動産や何かやっててもローンが大っ嫌いだし。かみさんの実家は大阪のお大尽《だいじん》で金持ちなんだけど、そこまでなるにはけっこうな苦労もあったらしくって、おカネにはうるさいんだ。

かみさんと一緒になった時、おれはかみさんの部屋に居候《いそうろう》してたの。いいマンションで仕送りもしてもらってるから、これは楽だと思ってね。そしたらかみさんの親に「ちゃんと二人で稼ぎなさい」って言われて、一緒になったとたん仕送りがなくなっちゃった。結婚したのに嫁さんの実家から仕送りをもらうのはおかしいって。

それでマンションから、いきなり亀有《かめあり》のほうの汚《きたね》えアパートに引っ越すことになっちゃってね。俺は売れない漫才師で仕事がないから、アパートでごろごろするしかなかったんだけど、かみさんはスナックに勤めだして、まあよく働いてた。だからもう頭が上がんないの。

さっき言ったように、俺はカネを全部かみさんに入れて任せてる。それでかみさんから小遣いをもらう。最近、こりゃいいなって気づいたのは、かみさんと飯を食うと小遣い以外に何か買ってもらえることでね。うちの夫婦はこのところ仲がいいっていうか、週一回は必ず食事会をやって、二人で飯を食いながらいろんな話をするんだけど、そのたんびに俺の待遇がすごくよくなる。

ある時期疎遠《そえん》だったぶん、二人で会うと話がなかなか止まらない。そんな時、たとえば俺が「あの服いいな」って言うと、かみさんがすぐ買ってくれるの。エルメスがいいって言えば、ジャケットから靴から全部買ってくれるんだ。時計も買ってくれる。何だ、かみさんと食事したら、いろんなものを買ってくれるんだと。いいなと思って。かみさんと食事をするのも営業だと思えば、いそいそと出かけちゃう。

しかしまあ、俺がエルメスなんか着るのも考えもんで、銀座の何だっけ、H&Mってスウェーデンの洋服屋。ニュースで見てると、すごい行列じゃない。有名デザイナーとのコラボレーション商品です、安いんですよって、見たらジャケットが四九八〇円とか。あれ、俺のジャケット一枚分で一〇〇枚買えるじゃないかって。

めまいがしたね。見た目は全然変わんないしさ、腹立ってきた。何してんだ、俺はって思ったもん。下手《へた》したらH&Mもエルメスも生地《きじ》に大した違いはなくて、服の裏側に「HERMES《エルメス》」と書いてあるだけだったりして。いくらかみさんが買ってくれるんでも、H&Mが一〇〇枚買えるのにエルメス一枚で喜んでる俺は何なんだ。

俺は相当まずいことしてる、罰当《ばちあ》たりなことしてるなって思った。これじゃ下品な成金じゃないか。

H&Mも、嘘でも高いんですって言ってくれないかなあ。それかエルメスが四九八〇円だったらいいんだけど。

テレビ下品放送

自分のことを棚《たな》に上げるのを許してもらえば、テレビほど下品なものはないと思うよ。

テレビ番組自体がひどいもので、やってるのはエロと、飯を食うのと、お笑いの三つ。まるで『ソドムの市』だね、パゾリーニ監督の。映画じゃ権力者が変態行為を繰り返すんだけど、ソドムってのは『旧約聖書』に出てくる町の名前なんでしょ。町の人があんまり不道徳なんで、神様が天罰を下したというね。

今の日本のテレビも似たようなもんで、何で毎回あれだけ飯を食ってるかな。これほどテレビで食い物の番組が増えてるのが信じられない。デパ地下でどうのこうの、全国の名産がどうのこうの、大人の隠れ家レストランでどうのこうのって、食い物の話ばっかりじゃん。

それで飯を食ってるデブが持て囃《はや》されたり、人よりもいっぱい食えるやつを出して喜んだり。山盛りの飯を持ってきて「さあ、食べていただきましょう」って番組をやりながら、片一方じゃ「アフリカの飢えた子どもがかわいそう」なんてドキュメントもやってる。頭がおかしいんじゃないか。

出ているやつにしたって、こいつの商売は何なんだというのがいっぱいいる。何を評論してるのか分からない評論家。ろくに映画を撮ってない映画監督。誰も知らない大学の大学教授。あとエッセイスト。本当にエッセイだけ書いてるのか。お前のエッセイ集なんか見たこともねえよって。せめて「自称エッセイスト」と言ってくれないと困っちゃう。

デヴィ夫人だって本当は「元デヴィ夫人」だろう。旦那のスカルノ大統領は、とっくに亡《な》くなってるんだから。おまけに第三夫人なんでしょ、四人いたうちの。詐称《さしょう》すんな。

そういうのが上流とか品を語るって変じゃないか。政治評論家でも何でも「コメンテーター」と称して、ワイドショーでいっぱしのことをしゃべってるけどさ、要するに単なるテレビ芸者じゃねえか。俺《おい》らと変わってないのに、何を偉そうなことを言ってるんだ。

「テレビの言うことは正しい」の危険

みんなテレビが本当はいいかげんなものだってことに気がついてない。やっと最近になって「大衆を変な方向に引っ張り回すメディアはテレビだ」と言われるようになったけど、テレビ全盛の時代が長かったから、日本人はテレビに間違ったお墨付きを与えられちゃった。テレビに出てる人は偉い人で、テレビで言ってることは全部正しいというね。

「昨日テレビでこんなこと言ってたぞ」とか「あいつはテレビに出たことあるのか」とか、ものごとの優劣や正否をテレビが決めてしまっている。下手すると政治だってテレビが主導権を握っちゃう。

すごく危険なことになったと思うよ。局アナは単なるアイドルだし、見た目がいいやつしかアナウンサーになれない。天気予報なんて、気象予報士の資格がありますって言うけど、誰がやったってそんなに変わんないんだったら、見た目のかわいい子にしかやらせない。ニュースを読む女子アナまでかわいい子になっちゃって、まともにニュースを読んでるのはＮＨＫと北朝鮮だけだったという。

地味で真面目《まじめ》なおばさんがニュースを読むのは、朝鮮中央放送と日本放送協会。どっちも国営だって。

俺、いつだったか自分でげらげら笑ったもん。テレビを見てたら「民主党の鳩山《はとやま》幹事長は衆議院予算委員会で」とかニュースをやっていて、あれ、北朝鮮のテレビが日本語を使ってるぞ、おかしいな。それにしちゃチョゴリを着ていないな、何だNHKじゃないかって。アイドルみたいなアナウンサーを見すぎていたから、一瞬でも勘違いした自分がおかしくてしょうがなかった。

それにしても、ニュースだってひどいもんでさ。NEWS《ニュース》って言うわりに新しいことが一個もない。殺人事件が起きたら被害者は必ず美女で、死んじゃった子は必ずいい子になっている。明るくて元気な子が死んで、暗くて陰気な子どもは死なないという。あらゆることが全部メディアのお決まりの台詞《せりふ》で進んでいく。

ニュース番組自体が段取りで、死んだ人のところに来るレポーターも段取りどおりに質問する。インタビュー受けてるおばさんだって「近所でも評判の美人でした。亡《な》くなるなんてかわいそう」「愛想《あいそ》のいい子なのに、何でこんな目に」とか同じことしか言わない。間違っても「愛想の悪い嫌な子でした」とは言わないし、言ったとしてもカットされちゃう。

「あなたもスターになれる」わけがない

テレビのおかげで、お笑い芸人が知らないうちに偉い人になった。昔と逆転しちゃった。昔は「ばかだな、芸人になんかなっちまいやがって」というふうに「なんか」だったんだ。ランクが下げられていた。一般の人よりも芸人は下にいて、世の中から落ちた者だったの。

聞いた話だけど「品」ていうのは、もともと仏教の言葉なんだってね。「上品」「下品」は、仏教だと「じょうぼん」「げぼん」と読むんだって。それで上品《じょうぼん》と下品《げぼん》の間には「中品《ちゅうぼん》」もある。人間が極楽浄土《ごくらくじょうど》に行く時のランクづけみたいなもんで、いい順に上品、中品、下品の三段階。その上中下がさらに三段階に分かれていて、全部で九個のランクがあるらしい。仏様の教えにいかに忠実かでランクが決まるって。

難しいことは分かんないから勘弁してもらうとして、そういうふうに「品」が人間自体をランクづけする基準だとすれば、世の中の下にいる芸人はやっぱり「下品」ということになる。

だから逆に言うと、昔の芸人は売れっ子になってカネを持ってもよしとされた。下品なやつが下品なものを持ったんだから。あるいは大目に見たというか、ドロップアウトしたんだからカネぐらい持ってもいいよって世の中が扱っていたわけ。「カネを持とうが、あんなものしょせん芸人だろう」というね。

今は「芸人なんてすごいよな」でしょ。貧乏芸人でも、テレビに出てればすごい人になっちゃった。下品なはずなのに、なぜか「上」に上がった。それで、もしかしたら自分も、と思うやつがいっぱい出てきた。あわよくばもっとテレビで売れて、金持ちになりたいというやつがいっぱいいる。

そうなったのは、たぶん今はどんな家庭に生まれたかで将来の生活が決まっちゃうからじゃないのかな。生まれた時点で格差がある。昔は教育で格差を解消しようとして、出世したければ勉強していい学校へ行けと言ったけど、今はいい学校に入るのにもカネがかかるからね。塾に行ってないやつは絶対に上に上がれないし。

教育で上がれないんなら、じゃあスポーツだということになると、スポーツはもっとカネがかかる。ゴルフでもテニスでもフィギュアスケートでも、小さい時から始めなけりゃ出世できないし、そのためには相当なカネが必要になってくる。

カネがかからなくてすむのは何かってことで、そうだ、お笑いだ。お笑い芸人になってテレビに出るんだと言って養成学校に入っちゃったりする。そこでまた月謝を取られたと。二年間とか月謝を払って、才能のあるやつはコンビを組んだりデビューするけど、月謝だけ取られてクビになるやつもいる。才能がないからって。

現実はひでえもんで、だけど今のやつは何か錯覚しちゃうんだね。

昔の街頭テレビの時代は、みんな力道山《りきどうざん》に憧《あこが》れてた。力道山が大好きでテレビの前で応援するんだけど、将来自分も力道山になろうとは思わなかった。力道山は大スターで、一般のやつからは遠く離れた存在だった。長嶋茂雄《ながしましげお》さんもそうだし、美空《みそら》ひばりさんもそう。手が届かない、それこそ「夢」の世界にいたのが大スターだった。

あんな人にはなれっこないよって思わせて、だからスターだったんだけど、そのうち一般のやつが「俺もスターになれるかもしれない」って「一般」と「スター」の距離を縮めるようになっちゃった。テレビのせいでね。

こうしてみんなが騙《だま》された

テレビは詐欺《さぎ》の道具に使われやすい。日本のあらゆる産業が、テレビを使って新手《あらて》の詐欺を働いた。テレビ番組はそのお先棒を担《かつ》いだようなもんだ。テレビを扱うやつらがもっとカネを儲けようとして、誰でもタレントになれるような状況をつくりだしたんだ。だって、そうやってタレントの底辺を拡大すれば、産業自体が儲かるんだから。

原宿《はらじゅく》とかでモデルのスカウトをするやつがいるじゃない。「あなたもモデルになれますよ、雑誌やテレビに出られるんですよ」と言って、おねえちゃんたちからおカネを取っちゃうやつ。「登録料」とか「写真代」と称してカネだけ取って、モデルの仕事なんか全然紹介しない。完全に詐欺じゃん。

でも、そういうモデルクラブが成り立ってるのは、騙《だま》されるやつがいるからでね。お前なんか絶対にモデルになれるわけねえだろうっていうのがカネを払ってる。路上でスカウトされると「えー、私なんて無理ですよー」とか言いながら「じゃあ、登録だけね」ってカネを出しちゃう。詐欺だって分かりそうなもんだけど、引っかかっちゃうの。

その手の話で、今は暦《こよみ》の本が路上で売れてるらしいよ。『開運暦』って言うんだっけ？「干支《えと》」とか「一白水星《いっぱくすいせい》」とか書いてあるやつ。それが売れてるらしいんだけど、売ってるのは虚無僧《こむそう》みたいな格好で、頭はすっぽり笠をかぶっていて、手前におカネを入れる箱を持って立っている。だけど足元を見たら、スニーカーを履《は》いていたという。おまけに足がどう見ても黒いんだって。お前は黒人じゃないのかって。

深編笠《ふかあみがさ》をかぶってるから顔は全然分かんない。托鉢《たくはつ》の真似《まね》をして、鉦《かね》をチンとか鳴らしながら、路上で「暦を買ってください」って言うんだけど、その日本語がどうも怪しい。スニーカーには「ナイキ」って書いてある。怪しいんだ。

しかし今の詐欺は昔と違って、下手すると人の財産を根こそぎ持っていくからね。それでもよく引っかかるんだ、エビの養殖とか。「フィリピンのエビ養殖事業に投資すれば、一年で二倍に」ってカネを集めたらしいけど、エビの養殖なんかで儲かるわけないじゃないか。元手が一年で二倍になるなんて、そんなうまい話はない。儲かるわけないって分かるはずなのに、何でみんなカネを出すかな。自分だけは特別だと思ってるんだろうか。

だいたい詐欺を働くやつは胡散臭《うさんくさ》い。だから、胡散臭さを少しでも消そうとする。それで豪華なホテルにタレントを呼んで説明会をやったりする。詐欺に引っかかるほうは、根本《こんぽん》には儲けたいって欲があるわけだけど、「テレビに出てるタレントも勧《すす》めるんだから」って信じちゃう。そうすると、テレビは間接的に詐欺に加担《かたん》したことになるんじゃないか。

いろんな意味で、テレビは日本人をかなりダメにしたと思うね。でも大衆をダメにするものしか、たぶん儲からないんだ。今はテレビ局も赤字を出したりして調子悪いけど、テレビの代わりにＩＴが儲かってる。みんな携帯電話でもパソコンでもメールのやりとりをしてね、音楽のダウンロードだ、ゲームだってみんながやるから、ＩＴの会社のやつは儲かっているんでしょ。

使うほうは、いつでもどこでも電話ができるし、写真も送れる、テレビも見られるって重宝《ちょうほう》してる。

だけど、使うたんびにカネを払わされているってことに気がついてない。携帯電話だって新しい機種がじゃんじゃん出て、買い換えるやつがいっぱいいる。大衆のカネがＩＴに流れるようになってきたんだ。だから今度はＩＴが日本人をダメにするんじゃないかね。

下品選挙、下品政治家、そして下品国民

政治家を見れば国民のレベルが分かる。昔からよく言われた。たしかチャーチルの言葉じゃなかったっけ。

それで言うと、二〇〇八年の自民党総裁選は下品だったね。あのみっともなさってないよ。

候補者が五人、いきなりマイクロバスから身を乗り出して手を振ってる。何だ、わざとらしいなって思ったもん。総理大臣になればＳＰがまわりを固めて、怪しいやつが近づこうものなら「あっち行け」だろう。それが選挙の時だけバスの窓から顔出して手を振って、商店街に行っちゃあ「やあやあやあ」って、ばあさんに握手までして

さ(校注・この総裁選の結果、麻生太郎氏が当選し、後に第九二代内閣総理大臣となった)。

あんな下品な格好は見たことない。そんなにまでして票が欲しいのか。じゃあ選挙に受かったら同じことやってくれよな。

だいたい日本の選挙自体がみんなそうで、票をもらおうって時だけ握手、握手、記念撮影、記念撮影っておかしいじゃないか。もっとおかしいのは「握手してもらったから」と一票入れるばばあがいる。タレント議員か何かに握手してもらって「ああ、もう一生手を洗わない。あの人に投票しよう」だって。お前なんかに選挙権やりたくねえよ。

その程度のやつが議員を選ぶし、議員は下品な選挙運動をやるんだろう。たまんないもの。「政治家を見れば国民のレベルが分かる」の言葉どおりだ。

政治家は国民を映す鏡みたいなもんで、民主主義ということを考えれば、議員の責任は国民の責任のはずだろう。

日本の国民は国会議員に文句を言うことは言うけれど、それを選んだのは自分たちだって頭がない。「官僚の天下り《あまくだ》がなくならないのは国会議員のせいだ」って言うけど、その国会議員を選挙で選んだのはお前だろうと突っ込まれたら「まあ、そうだけど」ぐらいにしか答えない。

「国家の品格」を語る前に、やることがあるだろう

たしかに天下りがなくならないのは政治家が弱いからでね、ある国会議員に聞いたことがある。

そいつが構造改革だ何だって財務省ともめてたら、いきなり国税庁が来たって。二回も来たらしいよ。それで何気なく「先生、あまり騒がれますと、われわれだって見てますから」と変な書類を出された。たぶん政治資金関連の書類じゃないか。

議員のほうもちょっとミスをしていて、要するにその書類が表に出ると脱税か何かでまずいことになる。見たとたん「あ、これはヤバイ」と思ったって。それで国税のほうは書類をサッと出しただけですぐ引っ込めて、「ねっ」と言って帰っていった。

それ以来、財務省攻撃はやれなくなったって。

それじゃロシアと同じだよ。ロシアだと、プーチン首相の悪口を言った瞬間に税務署が入るそうだ。テレビ局のキャスターがニュースで「プーチン首相の政策はどうのこうの」って批判すると、税務署の役人がやって来て、キャスターからプロデューサーからみんな飛ばされるんだって。

ていうふうに、どこも官僚の力が強い。だから天下りがなくならない。芸能界にまで天下りがあるんだもん。

俺、番組で民主党の議員とよく話したりするけど、こうなったら早く民主党に政権を取ってもらいたいね。それで「やっぱり自民党と同じじゃないか」って言ってやりたい。

民主党の人はマニフェストだか何だかで、自民党と違う公約を出してるじゃん。でも本当に実現できるのかいって思う時があるもん。「官僚の天下り全面禁止」「高速道路料金の無料化」だって？　やってもらおうじゃないの。できるわけないじゃないか。たぶん今、政権を取ったからって国の構造は簡単に変わらない。政権を取ったら今度はそれにしがみつくわ、官僚のやることは同じだわ、それの繰り返しだよ。

ここでまた「品」の話に戻れば、この時代に国会議員として品がいいのは、自分が言った政策を全部やろうとして、だけどできなかった責任をとって辞任していくことだよ。やろうとしたけど、大きな壁にぶつかって議員を辞職する。いちばんかっこいいじゃない。「すみません、できませんでした」って。それでまた出直して、同じ政策で立候補しますと言えたら、いずれそいつの時代が来るかも分からない。

国家の品格って言うけど、日本の品格を考えたら、この国ほど品格が下がったとこはないんじゃないの。国民が下品になって、官僚も政治家も下品。それで世の中の仕組みは何も変わらないし、変えられない。たとえば「憲法はアメリカに押しつけられたものだ」って文句があるんなら、さっさと新しくつくればいいじゃないか。

そう言うと、すぐ憲法第九条を持ち出して、改憲《かいけん》だ、九条を改正するなんて平和を踏みにじる行為だってワーワー騒ぐ。そうじゃなくて、一回国民投票をやったうえで、あらためて「不戦」の憲法九条をつくればいいってこと。

極端に言えば、今のと同じ条文だってかまわない。だけど国民投票をやれば、一回は自分たちの手で決めたことになるし、アメリカに与えられたものじゃなくなるでしょ。一回あらためて改憲の手続きを踏んで、結果は護憲。それぐらいのことをしなけりゃ、国家の品格も何もありゃしないっていうの。

2

夢

夢をかなえたら
そこで人生は終わる

手が届かないから「夢」って言うんじゃないの？

今は「夢」の大安売りの時代だね。夢に値打ちがなくなっちゃった。「願いつづければ夢は実現する」「自分の夢をつかむ魔法の呪文《じゅもん》」「夢はあなたを裏切らない」「あなたの夢が一瞬でかなう」とかって、テレビでも本でもまあすごいこと。そこらじゅうに「ドリーム・カム・トゥルー」のアナウンスが流れている。

それで若いあんちゃんやおねえちゃんが、街頭インタビューなんかで「夢がかないました」って言ってるのを見ると、答えが「ブランド品が買えた」だって。せこいんじゃないか、夢にしては。それに「このバッグ、あこがれだったんです」なんて言いながら、本当はリサイクルショップで安く手に入れたという。「私の夢がやっとかないました」って言うやつほど、夢の正体はたいていせこい。

夢は見るもので、かなうぐらいなら夢って言わないんじゃないの。

あらゆるものに何でも「夢」をつけちゃう。だから、しまいには「明日の夢は何ですか？」なんて、未来じゃなく明日の話になっちゃって「明日の夢はあ、予約の取れない○○レストランで飯《めし》が食いたいでーす」。それは夢じゃないよ。

非常にせこいことまで、全部「夢」にしちゃってる。夢って言うんだったら、どうやっても絶対にできないようなこと、実現が不可能なことを言ってくれないと困るんだ。

今は世の中に選択肢がいっぱいある。選択肢が増えたから、そのぶん昔は夢だったものが、じゃんじゃん夢じゃなくなってきているはずだ。昔の貧乏人の感覚だと、死ぬまでに一度はハワイに行きたいとか、クイズに優勝して一○○万円もらうとか、そんなのが夢だった。でも今じゃハワイなんて誰でも行ける。「ビックリ！　ハワイスペシャルプランお一人様二万八八○○円（燃油代別《サーチャージ》）」だって。燃油代のほうが高かったりして。

一○○万円って言ったら大金で、俺のガキのころなんか一○○万円でカツ丼何杯ぐらい食えるかなあ、駄菓子屋へ行って、店じゅうのガム全部買ったりしてもいいのかなって、その程度の世界でしか生きていなかった。実にせこいんだけど、それが昔の夢であって、それでも夢は手の届かないところにあった。今なら手は届くわけだから、ハワイも一○○万円も夢とは言えないはずでしょ。

だけど今の人が言う夢だって、中味の違いはあるにしても、せこさは昔と大差ないよ。経済状況がこれだけよくなったのに、夢はせこいままなんておかしくないか。人気のレストランで飯を食うのが夢です、だって。何だかねえ。

夢は人格まで変える

古典落語の『芝浜《しばはま》』に「夢」が出てくる。

飲んだくれで働かない魚屋の亭主が、ある朝、女房に叩《たた》き起こされて仕事に出る。魚河岸《うおがし》が開く前の時間、浜で顔を洗っていたら革の財布を拾った。中に四二両《しじゅうに》も入ってる。こりゃあ一生遊んで暮らせると、家に帰って仲間と大酒飲んでドンチャン騒ぎ、そのまま寝ちゃう。

それで次の朝、女房が「昨夜《ゆうべ》の酒代どうすんの」って聞くから「拾った四二両があるだろう」って言うと、女房は「そんなもの知らないよ。夢でも見たんじゃないか」。たしかに家じゅうどこを探しても四二両入りの財布はない。亭主は夢だったのかとガックリしちゃうんだけど、それからは心を入れ替えて酒をやめ、せっせと働き、三年後には店を構えるまでになる。その大晦日《おおみそか》の夜、女房が亭主に本当のことを打ち明けるっていう噺《はなし》。

もちろん財布はあって、実際には夢でも何でもなく女房が機転をきかせて亭主に隠していたわけだよね。有名な人情噺で、女房が真相を告げる件《くだり》は省略するけど、とにかくあんたは三年も酒を断《た》って、一所懸命働いたんだからって女房は亭主に酒を勧《すす》める。亭主はそうだな、飲むかと盃《さかずき》を口に持っていって、でも寸前でやめる。下《さ》げは「よそう、また夢になるといけねえ」。

飲んだくれの男が、夢のおかげで真人間になっちゃう。夢が人格を変える。夢にはそれぐらいの重みがあるべきだし、やっぱり本来は起こりえないことを夢と言わなきゃいけない。

正直に告白した少年

夢が安売りされるのは、ばかな教育に原因があるのかもしれないね。今の親とか学校は子どもに夢を強制してる気がする。

何だか知らないけど「うちの子は天才かも」「大きくなるのが楽しみ」って、子どもに期待をかけすぎている。そんな、天才なんて滅多《めった》にいないよ。でも過度な期待があるから、子どもに「夢は何？」「坊やは将来、何になりたいの？」って聞いて強制的に言わせようとする。子どもは子どもで、しょうがないからサッカー選手とか消防士とか答えるけど、何になりたいかなんて本当は分かっていない。何になりたいか分からないから学校に行ってるわけじゃんか。

子どもだもん、夢なんか端《はな》っからない。それなのに「早く坊やの夢がかなうといいね」って夢を強制するんだ。

俺が小学生のころ、友だちで何になりたいか聞かれて「女のパンツ」って答えたやつがいる。それで先生にぶん殴られた。

「君は将来、何になりたいの？」

「うん、女のパンツかな」

何言ってんだって。

「先生、何で殴るの」

「何でじゃないだろう、ばかやろう」

女のパンツになれば、いつもコーマンを触っていられる。局部のそばにいられるとか言って怒られちゃった。でも正直でいいっていう見方もある。

男で「お嫁さん」って答えたやつもいた。僕は大きくなったらお嫁さんになりたいって、何を考えてるんだ。

「なれるわけねえだろう」ってみんな言ったんだけど、そしたら何年かあとで、そいつはオカマになったという噂を聞いた。弱ったなと。

「男子校出身の女子大生」なんてのがいるぐらいで、今は男がお嫁さんになるのも可能になっちゃった。だから男女の違いを前提にした日本語も迂闊《うかつ》に使えない。女々《めめ》しいやつだったのが本当に女になれるから、文句が言えないんだ。

「女々しいやつだな、お前は女か」

「はい」

だって。全然突っ込めない。

「てめえ、女みたいなことしやがって」

「女です」

ああそうか。

そんなことはどうでもいいけど、女のパンツとかお嫁さんとか、なれっこないものを夢としているのは、本質においては正しい。

日本に「アメリカン・ドリーム」なんてない。でもアメリカにもない

日本人が夢、夢って言いだしたのは、どうもアメリカ的な価値観みたいなものがすごく影響しているんじゃないか。

新しい大統領が就任式の演説で「私たちは重大な危機のまっただ中にいる」って言

うぐらい、今はアメリカも落ち目だけど、ひところ日本は経済から何からアメリカ一《いっ》辺倒《ぺんとう》だったでしょう。ホリエモンとか村上《むらかみ》ファンドとかさ。アメリカ流の錬金術で濡《ぬ》れ手で粟《あわ》のようにカネを持っちゃって、それで「人生の成功者」「夢を実現した」ってちやほやされてね。

でも一方じゃ「格差社会」「勝ち組」「負け組」なんていう言葉が出てきた。同じ時だと思うよ、みんなが「夢をかなえよう」って言うようになったのは。負け組に入りたくないから、夢を実現して勝ち組になりたい。他人を蹴落《けお》としてでも成功したい。それってアメリカ的ドリーム・カム・トゥルーの世界じゃないか。

前にアメリカに行った時、アメリカ人とケンカになったことがある。そいつは貧乏で学歴も何もないんだけど、自分は将来どうにかなると思い込んでいた。

「タケシ、アメリカはどうだ、いい国だろう。この国には『ドリーム・カム・トゥルー』があるんだよ」

NBAだったか、バスケットの試合を見ながらそう言うわけ。あの黒人選手を見てみろ、あいつはスラム育ちで貧乏からのし上がってスター選手になったんだって。これがアメリカン・ドリームだ、サクセス・ストーリーだ、だから自分も、と思ってるの。だから俺は反論してやった。

「あいつには才能があるけど、お前にはねえじゃん」

それでケンカになっちゃった。

才能が何もないやつに限って夢を持っている。まあ見方を変えれば、夢を持ってるから暴動が起きずにすんでるとも言えるわけで、夢がある、夢は実現できるとずっと信じていれば、貧乏人もやけくそにならない。そういう意味じゃ国や社会は、才能のないやつにも夢を持たせたほうが都合がいい。夢を持たせることで不満が爆発するのを押さえ込める。だから合法的な麻薬みたいなもんだよ。

ニューヨークのブロンクスとかハーレムとか、貧民街《スラム》って呼ばれる地区からは、たしかにヒップホップのミュージシャンとか有名なスポーツ選手が出ている。出世してカネをつかんでるけど、本当はそんな出世する天才なんて、ごくごく一部だ。

そういうのが「やればできるんだよ」の見本になってるから、音痴で頭が悪くて運動神経の鈍《にぶ》いやつでも「俺はまだ行けるぞ」「未来には何かある」って言う。でも未来には何もないよ。麻薬が効《き》いているだけだ。

「自分探し」という宝探し

「なりたい自分になる」なんてこともよく聞く。それで「自分探し」の旅に出るやつがいる。そういうやつらって、本当は自分のことをよく分かっているんじゃないの。自分には何もないということがさ。

だけど何もないとまずいから、今の自分とは違う自分を探したいって旅に出る。ないものを探す旅に行っちゃってる。それはほとんど宝探しだよ。徳川《とくがわ》の埋蔵金と同《おんな》じで、どこをどう探したって出てきっこない。

「僕は今までの僕じゃない。僕には何かがある」とかって、まるで眠れる才能を掘り起こすみたいなことを言うけどさ、才能は眠っているんじゃなくて、もとからないんだ。何か才能を錯覚して、駅前で詩を売ったりギター弾《ひ》いたりね。でもそいつらを見てると、才能なんかあるわけねえじゃんって言いたくなる。

やっぱり自分には何もないってことを認めたくないから、自分探しをします、自分を見つめ直して新しい自分を発見します、と言ってるんだとしか思えない。それで自分とはいったい何なのかという問いかけの裏側には、今の自分ではない自分があるはずだというプラス思考の考え方が隠れている。

「俺には音楽の才能がある」「僕はこんなことのために生まれてきたんじゃない」「私にはもっとやるべきことがある」って、自分探しは全部プラス思考じゃないか。変だなあ、どうして逆の発想ができないんだろう。プラスじゃなくてマイナス思考で考えれば「こんなことをしていないで、もっと地道に暮らそう」となるけど、それだって自分探しのはずだよ。

俺は何の才能もない、ただ普通に働いて結婚して、子どもをつくりゃいいんだって何で考えないのかな。

出世を望むより普通の人生を送るほうが上品だ

子どもには夢よりも、普通に生きて普通に死んでいくことがベストだって教えたほうがよっぽどいい。それじゃなきゃ、地道にお百姓さんをやるやつはいなくなっちゃうよ。

だけども現状は、親も学校も社会も夢を強制している。「君の夢は何だ」「夢を持とう」「夢をかなえよう」って連発するから、ああ夢がなけりゃいけないんだな、夢はいつかかなうんだなという思考が当たり前のように刷《す》り込まれちゃう。

秋葉原《あきはばら》で通り魔事件があった。二〇〇八年の六月八日だ。犯人の男はネットの掲示板に「勝ち組はみんな死んでしまえ」って書き込んでいたらしい。さんざん夢、夢って強制されてきたやつが、派遣社員でクビになった。この先には何もないと分かったとたん、やけくそになっても不思議はない気がする。

日本は大企業が土地を買い取って、でっかいコンビナートをつくって従業員をたくさん雇《やと》った。バブルでダメになった後は、正社員だと会社は定年まで面倒を見なきゃいけないから、季節工とか派遣社員を労働力にしたんでしょ。そうやってみんなを社会の仕組みの中に組み込もうとしてきたけど、要するに単なる「夢のない働き手」を生んでいるだけだろう。

なのに、そいつらに対して社会は夢夢夢夢って圧力をかける。それは金魚鉢の金魚に「将来は川で泳ぐでっかい魚になれ」と言って餌《えさ》をあげているようなもんだよ。なれるわけねえじゃん、金魚は金魚だもん。金魚は金魚鉢っていう小さな水槽に合わせて体をつくっているわけだから、でかくなるなんてしょせんできない。いくら餌をあげたって、太った金魚になるだけだっていうの。

俺はここで人間の「品《ひん》」ということを考えるんだけど、出世するとか大金持ちになるとか、そんなことを望まずに人知れず生きるほうが、はるかに人間的な品はいい。普通に結婚して普通に子どもを育てて、静かに死んでいく。世間には目立たないことでも、それを淡々とできる人がベストだと思う。

俺みたいに何かで成り上がってカネを持ったやつを、よしとする時代はおかしいんだ。下品の極《きわ》みだよ、そんなもの。それに輪をかけてもっと下品なのは、出世や大成功を目指して、成り上がってカネを持とうとして、だけど失敗しちゃったやつ。そういうやつが最低の下品。

自分の範囲っていうものをしっかり考えられれば、下品にならない。自分のできる範囲、自分の能力、それから自分の生きている時代を考えて、他人《ひと》に迷惑をかけることなく、目立つこともなく普通に生きていく。それが人間的にいちばんいい方法で、品がいい生き方なんだよ。だけども、いつの間にか他人よりも優れたものとか、他人に誇れるものを探し出さなければいけないと戦後の日本のばか教育が言い出した。

夢をかなえよう、夢はかなうって、できもしないやつに何かやれと強制して、その結果どうなったかというと、犯罪を起こさせてしまった。俺の夢はかなわなかったじゃないかって、やけくそになるやつがいっぱい出てきた。それで、そいつらは夢がかなわなかったことを他人のせいにするんだ。

秋葉原の交差点にトラックで突っ込んで、ナイフを振り回して七人も殺した派遣社員の男は象徴的だと思うけど、未来に絶望して通り魔になるやつは、たいがい「殺す相手は誰でもよかった」って言う。「何で俺はあいつみたいになれないんだ」とか言いながら、それは自分の責任なのに他人に転嫁《てんか》してしまう。

ひどい時には親に怒られたことで他人を殺そうとしたやつがいたけど、親に怒られて頭に来たんなら親を殺すべきだろう。彼女に振られたから通り魔殺人をやったっていう男もいた。だったら、その女を殺さなきゃ理不尽だっていうの。

何も分からないうちから夢、夢って強制されてきた子どもたちが、そんな夢は虚構だと知って、夢を強制したのは社会だと気づいたのかもしれない。だから社会に復讐するために「誰でもいいから殺しちゃえ」となったのかもしれないけど、そういうやつらが大量発生したら日本でも暴動が起きるんじゃないか。夢を持たせたぶんだけ、反動は強いんだから。

夢を強制するから下品になる

詩を書いたりギターを弾《ひ》いたり、それか売れない漫才コンビでもいいんだけど、とりあえず何かをやっていれば肩書きがつく。

「あんちゃん、仕事何やってるの?」

「詩人です」

「ミュージシャンなんです」

「漫才師です。お笑いです」

今は売れてなくても、一応は何かを志《こころざ》しているんだという、ひとつのグループに入れる。それで自分自身が安心するというか、才能のないやつを社会が安心させているところがあって、やっぱり世の中は夢を持たないやつのことを、夢を持って生きるやつより下に置くんだ。

でも、夢を持っていようがいなかろうが、才能がなかったらどっちでも同じなんだよ。何で夢を持っているやつのほうを「いい子」にしてしまうんだろう。

何かひとつだけでも得意なことがあるはずだ、その夢に向かいなさい、夢は必ずかなうって強制して、夢を持たないやつはダメだと言うけどさ、夢を持ったらいけないやつだっているんだから。「僕は夢なんか持たない」って現実的な考え方で出世したやつもいるかも分からないのに、何でみんなに夢を持たせるんだろうか。

基本的に人間は生まれて死ぬだけでさ。いくら成功してカネを残したからって、死んだら自分は一銭も持っていけない。遺産は子どもとか家族のもので、形としては残るけど、死んでいったやつには何も関係ない。「故人の偉業を讃《たた》えて」なんて、そいつの記念館をつくろうが何しようが、死んだ本人にはまるで関係ないわけで、それなのに夢を持て、成功しろ、金持ちになれ、偉い人になれって強制するのはおかしいと思わないか。

「偉い人になりなさい」よりも、「罪を犯すな」「悪いことをしない人になれ」っていう教育のほうがよっぽどいい。ごく当たり前に、「他人に迷惑をかけない人になりましょう」というのが教育の最大の目標であるべきだろう。そんなことはこれっぽっちも言わないで、夢とか成功を押しつける今の世の中は、やっぱり下品だ。

「なりたい自分」はとっておけ

どっちにしたって、人間は身《み》の丈《たけ》を考えなきゃいけないと思うよ。自分の能力っていうものを客観的に分析したほうが絶対にいい。

世の中は夢、出世、成功ってうるさいけど、俺に言わせれば「成功」の秘訣は「いちばんなりたいものにならないこと」だよ。商売でも何でも、いちばんなりたかった職業に就《つ》いたとたん、そいつの人生は終わってる。だって、なりたいと思うものになれたんだから。その先には何もなくなってる。

成功の秘訣はね、いちばんなりたいものじゃなくて、その人にとっては二番目か三番目の、違う仕事に就くこと。自分にはもっとやりたいことがあるんだけど、今すぐにそれをできる能力はないから違うことをやってます。それぐらい自分を客観的に見られるやつのほうが、成功する可能性は圧倒的に高い。

こんなことを言ってると、「いいよな、たけしは。漫才師で有名になって。カネはあるし、出世したから偉そうなこと言えるんだろう」って声が聞こえてくる。でも、インタビューなんかでよく話すんだけど、俺は漫才師になって喜んでいない。漫才師になりたくてなったわけじゃない。俺の場合は、大学をやめて、しょうがなくて漫才を始めたら運よく宝くじに当たっちゃったみたいなもんなんだって。

映画監督もそうで、最初は偶然なっちゃったんだよ。昔から映画監督になりたかったわけじゃないもん。

宝くじに二回続けて当たるのは図々しいっていうかさ。たとえば今、漫才師になりたい若いやつが本当に漫才師になれたら、それだけで一度宝くじに当たったようなもんで、さらに売れたいと思うのは「もう一回、宝くじに当たりますように」とお願いしてるのと同《おんな》じこと。それはやっぱり図々しいし、もしも宝くじに二回当たることがあるとしたら、特別なやつでしかない。

　全国の野球少年がみんなプロ野球の選手になりたいと思っているとして、ドラフトにかかって野球選手になれたら、その時点で宝くじに当たってる。そこからスタープレーヤーになったりメジャーリーグに行けるのは、もう一度宝くじに当たることだから、どうしたって才能のあるちょっと特別な野球少年でしかないんだ。

　なりたいものになれたんなら、それで充分でさ。

　子どもの時から夢を強制されてきたやつが、その夢のとおりに「なりたいもの」になると、たいていは失敗する。そうじゃなくて、「なりたくてなったわけじゃないよ」と言える位置にいるほうが、自分の置かれた状況を客観的に判断できる。だからうまくいくんじゃないかって。

　俺は芸人をやってて夢を実現した覚えはないもんな。しょうがなくて芸人になっただけだから。別に、芸人になることが夢で、芸人としてある程度売れたから夢が実現したなんて、そんなばかなことは絶対に思わない。

オタクのパワーを他のことに向けたらいいかも

とっかかりもつかめないような夢を見て、それが現実にならないと責任を他者に押しつける。さっきも言ったけど、通り魔なんてその最たるもんだ。そうじゃなくたって、女のストーカーでよくいるじゃない。「あの人の彼女になりたい」とか言って「どうして私を見てくれないの」って。悪いけどそんなブス誰も見ねえよ。

男も同じで、アイドルを「俺が守ってやる」とかさ。お前なんか守らなくたっていいよと言ってるのに、「俺がいなきゃ」って勘違いしてるのがいっぱいいる。「あの子を守ってやれるのは俺だけだ。俺が守る」なんて、そういうのは夢じゃなくて妄想《もうそう》って言うんだ。

ちょっと頭で考えればいい。「俺はあの子に見向きもされないけど、つねにあの子のことを思っているんだ。それだけで満足」って。写真集とか買ってアイドルオタクをやっていれば、かわいいもんじゃないか。それが「どうして振り向いてくれないんだ」って直接訪ねて行っちゃったりするから下品なことになる。妄想と現実をごちゃ混ぜにするから下品なんだ。

俺は基本的にオタクっていいと思うのね。

世間一般ではアニメオタクとかフィギュアオタクとか、秋葉原をうろついてるやつらを何か差別的に指してるみたいで困るんだけど、ひとつのことにこだわって情熱を傾《かたむ》ける人たちをオタクと呼ぶとしたら、オタクになれるのは実にすごいことだと思うよ。ひとつのことに情熱を注《そそ》ぐっていう、そういうことができる状況を自分でつくりだしたわけだから。

だから、もっとオタクの幅を広げてやらないと。数学だけをずうっとやっているやつは数学オタクだし、物理オタクがいたっていい。芸術家だって芸術オタクでいいわけだ。数学オタクのやつが、ひょっとしたら数学界のノーベル賞って言われるフィールズ賞をとっちゃうかも分からない。物理オタクで、朝から晩まで問題を解きながらぶつぶつ言って外を歩いてるのは単なる変わり者だけど、そいつがノーベル物理学賞をとっちゃったら、とんでもない天才と呼ばれる。

でも、たぶんオタクになれるやつは、賞をとろうなんて気は端《はな》からない。好きなことをやってるだけだもんな。その道のプロって言い方があるけど、宮大工さんとか匠《たくみ》の世界の職人は、ただひとつのことに打ち込んでいるじゃない。それで別にカネが欲しいわけでもない、有名にもならなくていい、ただ「いい仕事がしたい」って言う人が多い。地位も名誉も一切関係なく、ひたすらものをつくっている。

それって、実に品のいい生き方だと思うよ。

アニメに情熱を傾けたり、キャラクターのコスプレをするのもいいけど、もうちょっとその情熱を違う方向に向けたらいいんじゃないか。アニメオタクになるほどの情熱があるんなら、生物の研究とか伝統工芸とか、別の選択肢でも生かせるはずだよ。そういう選択肢を与えるっていうか、オタクの情熱を違う方向に向けてあげることも教育だと思うんだけど。

「偉い人」って、どういう人のことなんだ

夢をかなえて偉い人になれって、何が偉いのかが分からない。カネを持ったら偉い

のか。有名になったから偉いのかね。

昔、おふくろによく言われたもの。「本なんか読んでたら共産党員《アカ》になっちゃうよ」って。だから小説家なんてとんでもない商売だって。下町では俺みたいなのを見ると「ばかだね、たけしみたいになって。お笑いなんかになっちゃって、かわいそうに」と言われてね、芸人は世の中の被害者として扱われたんだよ。それが何で今、お笑い芸人が人よりも優れた世界にいるみたいになったんだ。

それから音楽家でも画家でもいいけど、アートのやつが一般の人よりも優れていて偉いなんてとんでもない話でさ。アフリカ大陸の貧しい国に行ってみれば、アフリカで必要のない商売がいっぱいある。アートだってその程度のもので、いくら有名で売れていても、飢《う》えている人たちの前では何の役にも立たない。

要するにアフリカで困ってる人にとっては、種をまいて食物を育てて、ごはんをつくってくれる人がいちばん偉い。食事を持ってきてくれる人が神様みたいに偉いんであって、音楽を聴かせてもらっても絵を見せてもらってもしょうがない。お前のアートなんか食えねえじゃねえかって。

その程度のものでしかないのに、アートをやってます、私の作品は高いんですっていうやつが、いつの間にか偉いということになっちゃった。一所懸命に働いて食べ物を得ている普通の人よりも、アートのやつのほうが上にいる。それで普通の人を見下してばかにする。そんな時代はおかしいんだ。

だってそうでしょ。昔は戦争があると、金持ちがお百姓さんのところへ行って、身のまわりのものを食べ物と交換してもらったんだよ。ダイヤモンドと引き替えにサツマイモを恵んでもらっていたんだ。それまで下に見ていたお百姓さんに、金持ちは復讐されたわけでさ。だから人より偉い、優れてるなんて見方には意味がないの。

努力できないやつは夢を見る資格もない

変なことに「夢」って言葉を使わなきゃいい。安易に何でも夢、夢って言うからわけが分かんなくなる。

どうしても夢があるって言いたいんなら、せめて「努力目標」とかに言い換えてくれないかなあ。やりたいことやなりたいもののために勉強するんだったら、それはそれでけっこうじゃないか。俺だって仕事では努力するもん。夢だけ見て何もしないやつとは全然違う。

今のやつが決定的にダメなのは、夢は見るけど何も努力しないし、繰り返すけど夢がかなわないのを他人のせいにしちゃうことだよ。

将来やりたいことがあっても、それを夢とは呼べないはずで、夢というのはまた違う次元のものだからね。夢を現実にする方法なんかないんだ。だって夢なんだから。夢じゃなくって、何かチャンスがあったり、自分の手でつかめそうなものに対しては一所懸命やればいい。目標に向かって努力するべきであって、夢は夢でいいじゃないか。

だから夢なんか持つな。夢を持っちゃいけないの。夢は現実にできないんで、逆に言うと現実に起こりうる夢みたいなことって「突然変異」でしかない。生物を進化させるのは突然変異だけなんだから。新しい作物で優秀なのは全部が突然変異でできたものだよ。出目金は目玉がでかくなるように育てられたんじゃなくて、突然できただけだからね。

そんな突然変異なんて、普通の人間に起きるわけがない。だとしたら日本人的に、生きていること、ただそれだけに感謝して地道に暮らしていくことがベストだと俺は思うけど。

3

粋《いき》

本当のかっこよさは
気の使い方に現われる

高倉健《たかくらけん》さんの「粋」は、どこから来るのか

えーと、何々……。

〈「いき」という現象はいかなる構造をもっているか。まず我々は、いかなる方法によって「いき」の構造を闡明《せんめい》し、「いき」の存在を把握することができるであろうか。「いき」が一の意味を構成していることはいうまでもない。また「いき」が言語として成立していることも事実である。しからば「いき」という語は各国語のうちに見出《みいだ》されるという普遍性を備えたものであろうか。〉

（九鬼周造《くきしゅうぞう》『「いき」の構造』岩波文庫）

うーん、よく分かりませんでした。ごめんなさい。だいいち読む気がしなかった。タイトルからして難しそうなんだもん。

昔の哲学者が昭和五年に書いた本で、表紙のうたい文句には〈日本民族に独自の美

意識をあらわす語「いき（粋）」とは何か〉ってあるけど、分からないものは分からないんで、素直に謝ってしまおうと。

俺なりに言うと、「粋《いき》」っていうのは「常識をわきまえたうえでの、もうひとつ上の生き方」なの。それにはまたいろんな意味があるんだけども、まずは他人《ひと》に気を使えることが大事になってくるんじゃないかと思ってる。気遣いができる人って、すごくかっこいいじゃない。

それで真っ先に思うのは、今までもよくしゃべったけど、高倉健《たかくらけん》さんだね。健さんのかっこよさは、その気遣いのすごさにあると思う。

俺は初めて高倉健さんに会った時、感動したもん。もう二〇年以上前だよ、『夜叉《やしゃ》』って映画で共演することになって、ロケで福井《ふくい》に向かったんだ。そしたら健さんが福井の駅のホームで待っててくれたの。雪の中、花束を抱えてね。

「たけしさんですか。高倉健です。私の映画に出てくださって、ありがとうございます。よろしくお願いします」

電車から降りたらそう言われてさ、花もらっちゃって。ああ、今のは高倉健だ、どうしよう、参《まい》ったなと思った。

フグの刺身をごちそうになったけど……

健さんは足を洗ったヤクザで漁師、俺は情けないヒモの役だったんだけど、旅館に着いて一息ついてたら食事の時間になって。それで広間に行くと、役者からスタッフから分かれて席に座っている。俺はどこに座ればいいのかなと思ってたら、健さんが「たけしさん、こっちこっち」って自分の席に呼んでくれた。

健さんの横には監督の降旗康男《ふるはたやすお》さんなんかがいて、もちろん上座《かみざ》なんだよね。いいのかな、他にも席はあるし、あっちにはスタッフがいっぱい座ってるしって思ったけど、まあ呼んでくれたんだからお言葉に甘えようと。

食事が始まってビックリしたのは、健さんはつねにスタッフの飯というか献立《こんだて》を見ていることだよ。見ていて、自分の席の飯と較《くら》べるんだ。格差じゃないけど、旅館の人が気を利《き》かせたんだか、上座とスタッフの席で飯の中味が違ってる。そうすると健さんは不機嫌そうになるんだ。自分たちがスタッフなんかよりいいものを食ってると怒るわけ。

旅館の女将《おかみ》さんがフグの刺身を大皿に盛って、健さんや俺のいる席に置いた。それで「どうぞお召し上がりください」と。そしたら健さんが言ったね。

「スタッフの席には？」

「スタッフの皆さんには出ないんです。これはフグですから」と女将さん。すかさず健さんはこう言った。

「この席だけ特別なものをいただくわけにはいかないんですよ。お願いします、みんなにもフグを出してあげてください」

女将さんは困った顔をしながら奥に引っ込んで、今度はスタッフの分もフグの大皿を持ってきたの。何だ、フグ刺《さし》あるじゃんって思って。だけどよく見るとフグじゃない刺身が混じってる。フグによーく似ているけど微妙に色が違う。これカワハギじゃないかって。

全員にフグを出してくれって健さんに頼まれたから、女将さんと板さんが知恵を絞ったんだろう。安いカワハギを混ぜて「フグ刺でございます」とごまかそうとしたんだ。だから大皿には、白いフグの薄づくりが一見きれいに並んでいる。でも、もともと健さんの席の分しかフグはないから、ほとんどのフグがカワハギに替わってるの。

俺は食いながらフグとカワハギを選別したもんな。これはフグ、これはカワハギ、またカワハギ、カワハギ、フグ、さらにカワハギ、カワハギ、カワハギ、カワハギ、やっとフグ、すぐにまたカワハギ、カワハギ……これじゃフグ刺じゃないだろう。だけど全員、そうと知らないうちに食っちゃった。「やっぱりフグはうまいな」って。「健さん、フグをありがとうございました」だって。

健さんは、雪の中で黙って立っていた。でも……

旅館の部屋でくつろいでたら、健さんから電話があった。

「おいしいコーヒーが入ったから飲みに来ませんか」

で、健さんの部屋に行ってコーヒーごちそうになってね。どうぞ楽にしてなんて言われたもんで、俺も寝っ転がってコーヒー飲みながらテレビ見たりなんかして、健さんと雑談を始めた。

「健さん、酒は飲まないんですか」

「そうですね、私はあんまり飲まないんですよ」

「あっ、そう」

なんて俺もリラックスしちゃってさ。それでフッと部屋の奥のほうを見ると、共演の俳優さんたちが俺のことを睨《にら》んでた。田中邦衛《たなかくにえ》さんとか小林稔侍《こばやしねんじ》さんたちが、みんな正座してるの。

そりゃそうだよな。役者にとってみれば高倉健っていったら映画の大看板で、その人の部屋に一緒にいるだけでも光栄なこと。コーヒーなんかごちそうになったら緊張しちゃうし、失礼な真似は絶対にできない。俺みたいに寝っ転がるなんてもってのほかだ。

まずい状況じゃん。もう、そーっと起きあがってコーヒーカップ置いてね、「ちょっとトイレ行ってきます」って逃げちゃった。参ったな。みんな鬼のような顔をして俺のこと見てるんだよ。おっかなかった。

そんなこんなで次の日、雪の降る中でロケになったの。俺の出番で、そのシーンは健さんの出番はなかった。でも健さんは差し入れを持ってきてくれるんだ。旅館の人に甘酒とかつくってもらってね。それで差し入れを渡してくれて、用がすんだから旅館に帰るのかと思ったら、帰らない。俺たちがやるのを立ったままずーっと見てる。あとで聞いたら、健さんは他の映画でもそうらしいね。出番がないのに「皆さんが頑張っているんだから」って立って見ているんだって。

その日は真冬で雪だからものすごく寒くてさ、それでも健さんは雪の中で黙って立っている。ロケの現場には大きなドラム缶が置いてあって、薪《まき》とか新聞紙とかをくべて暖《だん》をとれるようになってるんだけど、見たら健さんはドラム缶のそばにいない。なんか離れたところに立ってるんだ。ドラム缶がバーッと燃えてるのに火に当たらないの。撮影の間じゅう、ずっとそのまんま。

みんな寒くてしょうがないんだよ。健さんも寒いだろうし、気が気じゃない。それで「はい本番!」「はいカット!」ってなって、俺が健さんに言いにいった。

「健さん、ドラム缶に当たってくださいよ。寒いんだからそこは」

「いや、私はただ見にきただけで、皆さんが仕事している時、こんなものには当たれません」

「健さんが当たらないと俺《おい》らも当たれないんで。凍《こご》え死んじゃうから、お願いですから当たってください」

そしたらやっと納得してくれた。

「じゃあ当たります。たけしさん、どうもありがとう」

「いえいえ」

納得してくれて、やっとみんなドラム缶に当たれるようになったけど、話はこれで終わらない。健さんが俺に言うの。

「あと何か私がすることはありますか？」

だから答えた。

「帰ってください」

「えっ」

「みんな健さんのことが気になってしょうがないから帰ってください。お願いしますよ」

邪魔で邪魔でって主役の大スターを現場から帰しちゃった。

「無欲」が品を生み、「極端な気遣い」が粋をつくる

ロケやって、それで撮影が終わる。すると健さんが、最後に金とか銀のペンダントをくれるの。「ありがとうございました」って全員の首に掛けてくれてね。お付きの坊やにまでくれるんだよ。何だろう、この気の使い方はと思った。駅のホームの花束に始まって、フグにコーヒーに差し入れの甘酒。だめ押しはペンダントで。

高倉健さんには、どこか偶然役者になっちゃったみたいなところがあって、役に対して貪欲《どんよく》じゃないんだ。ただ映画では圧倒的に健さんが中心で、まわりにその他大勢がいる。すると貪欲じゃないだけ品のよさが際立《きわだ》つんだね。

芸能界は成り上がりたいやつばっかりで、野心《やしん》と言えば聞こえはいいけど欲丸出しの世界だ。よくいるじゃない、役をもらうためには体を張ってでもっていう女優。プロデューサーとか監督にやられても、役を取ってこようとする下品なやつがたくさんいる。でも健さんにはそんな下品さがこれっぽっちもない。

品のいい人のほうが、結果的にはいい仕事になったりするんだ。演技の勉強をして

努力して、おまけに体を投げ出して、結局その他大勢の役にありつく役者がいる一方で、ホワーンと何もせずに主役クラスになる人がいる。面白いなと思うけど、そこに品が出るのかも分からない。

とにかく健さんの気の使い方は半端《はんぱ》じゃなかった。極端に気を使ってくれる。でもそれが嫌味《いやみ》じゃない気の使い方なんだね。だから、みんな健さんに気を使われたら参っちゃう。「あの人はやっぱりすごい」とみんなが思う。

知ってのとおり、高倉健さんは東映のヤクザ映画で大スターになった人だ。『日本侠客伝《きょうかくでん》』『網走番外地《あばしりばんがいち》』『昭和残侠伝《ざんきょうでん》』シリーズ。着流しに長ドス持ってさ、「死んでもらいます」ってかっこいいから、全国のヤクザに惚《ほ》れられちゃった。

想像するのは簡単で、ロケをやれば見物人がわんさか来る。見物人の中には熱狂的な健さんファンのヤクザも当然いるだろう。下手すると、一般のやつよりヤクザのほうが多かったりして。ヤクザの追っかけみたいなもんだよ。そんな、追っかけのヤクザがロケを見物してるだけでも怖いのに、もし一般の見物人ともめごとでも起きたらたいへんじゃない。健さんは撮影してても気を配っていたと思うよ。

自分のことより、まわりを見なきゃいけない。まわりを大事にしなきゃならない。

健さんの気の使い方は、生まれつきってこともあるかも分からないけど、そのへんのことで培《つちか》われたんじゃないかなあ。ファンが声を掛けてきたら、ちゃんと対応できないといけないんで、ヤクザのファンがすごいから、礼儀正しくするしかなかったんじゃないかって。

孤独さの中のかっこよさ

自分を殺して気を使ってばかりいたら、普通だと疲れちゃって、人間嫌いの冷たいやつになってしまう。だけど高倉健さんはそれでも気を使えるから、粋でかっこよくいられる。さっき言ったみたいに気の使い方が嫌味じゃないし、他人に頼みごとをしないしね。人間関係には一定の距離を置く。

そう言えば、頼みごとじゃないけど、健さんが俺の事務所に電話をくれたことがある。でも松村邦洋《まつむらくにひろ》と間違えられて切られちゃった。松村って、デブのくせに物真似《ものまね》のレパートリーが異常に多い。デブは関係ないか。まあ俺の物真似もやるし、まさか健さんから電話があるなんて思わないから、うちの事務所のやつも間違えたらしい。

「もしもし、高倉健です。たけしさんと連絡を取りたいのですが」

「何言ってんだ、このやろう」

「高倉です」

「松村だろう、物真似ばっかりしやがって」

で、ガチャン。健さん本人なんだよ。高倉健からの電話に罵声《ばせい》を浴びせて切っちゃった。

でも健さんは怒るどころか、ちゃんと俺と連絡を取ろうと努力してくれてね。石倉《いしくら》三郎《さぶろう》に「どうにかならないかな」って聞いたんだって。石倉三郎は東映の大部屋出身で、高倉健の「倉」の一字をもらって芸名にしたっていうくらい健さんを尊敬している。俺は俺で昔からよく知ってるし、つなぎ役にはうってつけなわけ。

それで石倉三郎から健さんの連絡先を聞いた俺が、何ですかって電話したの。健さんは笑って言うんだ。

「たけしさんのところに電話すると、すぐ切られるんですよ。物真似するなと言われました」

私がわざわざ電話したのに切るなんてどういうことだ、と怒って当たり前なのに怒らない。これも気遣いだと思うよ。

俺なりに健さんはどうしてかっこいいのかなと考えたら、そうやって気を使うということと、あとはやっぱり孤独だからじゃないのかな。「孤高《ここう》」と言い換えてもいいけど。人とよけいな関係を持たないようにしてるし、健さんも自分の世界を絶対に人に押しつけない。

けっこう冗談が好きで、よく笑う人だけど、そういう素《す》の顔を見せるのは限られた仲間にだけで、外に出る時は素を晒《さら》せないというか、「高倉健」を演じなけりゃいけない。だからあんまり外にも出ない。結果的には「高倉健」のイメージがじゃんじゃん膨《ふく》らんじゃって、本人は孤独だという。

粋であることは地獄みたいなところがある。あとでまた言いたいけれども、他人に優しくて気を使って、なおかつかっこいい、すごい人ですと思ってもらうのは、本人にとってはきついことなんだ。

どこかの神社で裸祭りがあるじゃん。愛知《あいち》の国府宮《こうのみや》神社だっけ、「儺追神事《なおいしんじ》」っていう厄除《やくよ》けのお祭り。真冬の寒い中、ふんどし一丁の裸の男が何千人って集まって厄除けを祈願するの。みんなもみくちゃになってさ、見るとその中に一人だけ素っ裸のあんちゃんがいる。ふんどしも何もつけていなくて、体じゅうの毛もツルッツルに剃《そ》られてる。

あんちゃんは「神男《しんおとこ》」って言うらしいけど、ふんどしのやつらから冷たい水をぶっかけられたり触られたりでひどい目に遭《あ》うんだ。要するにみんなの厄を一人で背負《しょ》わされる身代わりなんだね。たまに死人も出るらしい。

高倉健さんは、どこかそいつに似てると思う。高倉健は死ぬまで高倉健を演じないといけない。まわりのあらゆる下品を引き受けて、身代わりとして一人「粋」でいなけりゃいけないから。

でも、それをやり遂げてしまうところが、また粋でもあるんだ。

簡単な挨拶がきちんとできるかどうか

渡哲也《わたりてつや》さんもかっこよかったな。人のことばかり言って恐縮だけど、いい話だからまあ許してもらおう。

もうだいぶ前のことで、ラグビーの松尾雄治《まつおゆうじ》と銀座のクラブに飲みに行った。松尾は明治大学の後輩にあたるから、俺のことを「先輩、先輩」って呼ぶんだ。それで松尾の誕生日に「先輩、一杯おごってよ」とか言われたわけ。

クラブに入ったら奥のほうに渡さんがいたんで、俺は挨拶したのね。

「どうも、たけしです」

「あれ、たけしさん、今日は何?」

「いやちょっと松尾雄治の誕生日で、おごらなきゃいけないんですよ」

「たいへんですね」

てな感じでお互いに挨拶して、あとはそれぞれ飲んでいたんだけども、そのうち渡さんたちが先に帰ることになった。「たけしさん、お先に」「どうも」って会釈《えしゃく》して、また俺たちはワーワー言って飲みはじめたの。

それでさんざん飲んでたら、突然俺たちの席に花束が届いたんだ。見たらカードがついていて、「松尾雄治様　お誕生日おめでとうございます　渡哲也より」って書いてある。ビックリしちゃってさ。

それでもっとビックリしたのはお勘定《かんじょう》の時。俺たちも帰ろうかということで、お勘定お願いしますって店の人に言ったら、もう終わってるの。

「渡様がおすませになっています。お誕生日ですから、と」

ああ、すげえなあと思って。俺が松尾におごるはずが、渡さんに全部おごられちゃった。

おごってくれたからすごい人だって言うんじゃないよ。誕生日を祝ってくれる気の使い方がすごいんだよ。それと、挨拶がちゃんとしてること。

芸能界にいると、お互い顔は知ってるのに挨拶したことない、という人がけっこう多い。俺はあまり挨拶するのは好きじゃなかったんだけど、渡さんに会ってから、やっぱり挨拶はしておくものだと思うようになったもん。渡さんがちゃんと挨拶するから。知ってる人と目が合ったら、必ず「どうも、たけしです」って挨拶するようにした。

亡くなった百瀬博教《ももせひろみち》さんは、俺のとこの浅草キッドが番組で世話になってて、どこかで会った時に挨拶したの。その場じゃ百瀬さんは「ああ」なんて感じだったけど、あとでキッドたちに聞いたら俺のことを誉《ほ》めてたって。

「お前たちの師匠は偉いな。目が合ったらすぐ飛んできて、きちんと挨拶ができるんだからな」

そんなことを言われちゃったら、ちょっとうれしいじゃん。

挨拶されて気分が悪くなる人はいないし、やっぱりちゃんとするべきことはするもんだと思う。手を抜いちゃいけないんだ。

気遣いを押しつけない粋さ

高倉健さんや渡哲也さんが粋でかっこいいのは、気の使い方が半端じゃないのに、さりげないからだと思う。気遣いを相手に押しつけない。もし銀座のクラブで渡さんが、松尾に直接花を持ってきたり、俺たちがいる前で勘定を払ったりしたら、ありがたいけど嫌味になる。その場でお礼を言わせないのが粋なんだ。

それで思い出すのが俺の師匠、深見《ふかみ》のおとっつぁんこと深見千三郎《せんざぶろう》のこと。この話もよくするんだけど、師匠は決して相手に面と向かって「ありがとうございます」って言わせない人だった。

師匠はヤクザみたいで、女はいっぱい替えるわ、晩年は酒ばっかり飲んでアル中になっちゃうわ、最後は火事で死んじゃうわ、まあ昔の芸人によくいるメチャクチャなタイプ。でも芸人観というか、芸人はこうでなくちゃいけないという自分なりの哲学を持っていた。俺のほうは大学をやめたあと、やることもないんで浅草に行って、それでたまたま漫才師になったわけだけど、今でも芸人をやってるってことは、ついた師匠が自分に合っていたのかも分からないね。

師匠にはいろんなことを言われた。

「芸人は腹を減らしていても、いい服を着ろ。腹が減ってるのは他人には分からねえが、着ている服は見える」

「芸人は外ではいいものを食え。そのカネがないなら外へは行くな」

「芸人は芸を持たなきゃダメだ。楽器でもタップダンスでもいいから、舞台で客に見せられるレベルの芸を持て」

「芸人は舞台から降りたら、かっこいいと言われるようにしろ」

みんな「粋」に通じることだよ。

師匠と浅草の寿司屋へ行って、お勘定の段になったら師匠が俺に財布を渡す。渡しながら小声で「チップ、一人一万ずつな」と言って、自分だけ先に店を出る。俺が寿司屋の板さんとか若い衆に「これ、師匠からです」ってチップを出した時には、もう師匠の姿が見えない。だから、もらったほうは「ありがとうございます」ってお礼をしようにもできなくなっているわけ。

直接チップをあげたくない。「まあいいから、とっといて」なんて絶対に言いたくない。姿を消すから粋であり、気遣いの押し売りをしないから粋なんだ。よく言われたもん。「相手にお礼をさせるなよ、悪いだろう」って。

チップを払う持ち合わせがないから食いに行かない、なんてこともよくあった。

「寿司代はあるけどよ、あげる小遣いがないんだよ。だから今日は行かねえ」って、かっこいいんだ。

着るものにも凝《こ》っていて、コメディアンなのにアメリカのギャングみたいな形《なり》をしてた。師匠は俳優のジェームズ・キャグニーが好きで、それと同じようなダブルのスーツをよく着ていたね。ジェームズ・キャグニーは一九三〇年代に、『地獄の一丁目』とか『民衆の敵』とかのギャング映画で人気者になったハリウッドスターだ。だから当時としては粋なスタイルだったんだろうね。

それで師匠のスーツをよく見てみると、ベンベルグっていう絹みたいな裏地に浮世絵とかの柄《がら》が入れてある。裏地なんて脱ぐ時しか見えないから、そんなのに凝るのは無駄なようなんだけれど、見えない部分にカネをかけるのが、また粋なところだと思う。江戸の大金持ちも裏地に凝ったっていうしさ。料理屋に行って仲居さんに上着を渡すでしょ。仲居さんはハンガーに掛ける時に裏地に気がついて、「あらっ」なんて反応する。師匠はそんな様子を見るのが好きだった。

粋なスポンサーは「カネ」も使うが「気」も使う

浅草で貧乏芸人をやっていると、カネの使い方次第で、その人が粋か粋じゃないかがよく見えてくる。要するにスポンサーのことだけど、芸人はいつもおごってくれる人を探している。

どういうわけかスポンサーにもいろんな呼び方があって、相撲《すもう》だと「タニマチ」、芸術家には「パトロン」、銀座のホステスなら「パパ」だ。ホステスはどうでもいいか。女子高生の援助交際の場合は何て言うのかな。

芸人の世界じゃ、スポンサーを「お旦《だん》」って呼ぶね。とくに落語家さん。もちろん「お旦」は「旦那《だんな》」のことで、落語家は「あのお旦、粋だね」とか「あのお旦はダメだ」とかしょっちゅう言っている。落語家は単に銭《ぜに》が欲しいだけなんだけど、それでもスポンサーが小遣いをくれる時、その渡し方がうまいか下手かをやたら気にするんだ。飯や酒をごちそうになって、帰り際《ぎわ》にタクシー代とか小遣いをもらう。そこでスポンサーの粋さ加減が分かるという。

いちばん粋なのは、スポンサーのくせに貧乏で、なのに本質をついてる人。どういうことかと言うと、落語家が「旦那、今日はどっか飲みに連れてってよ」なんてねだったとして、「カネ、ねえんだよ。飲みに連れて行けないから、これで帰れ」って現金だけ渡しちゃう。

落語家の「飲みに連れてけ」は「カネくれ」って意味で、飯や酒をおごってくれるのもありがたいけど、本当の目的は現金なんだ。スポンサーのほうもそれを承知だから、飲み代はなくてもカネだけ渡すわけ。

「悪いな、今日はねえんだ、カネがよ。タクシー代だけで勘弁しろよ」

飲み代がない。一緒に飲んだら小遣いが払えない。だから「タクシー代」と称して小遣いを渡す。そうすると落語家からは「粋だね、あのお旦」ということになる。決して金持ちじゃないけどカネの使い方がうまい。要するに本質が分かっている。カネの使い方がうまい人は、気の使い方もうまいんだ。

ひでえスポンサーは、明け方までさんざん一緒に飲んで、自分の家までタクシーで送らせて、そこで「バイバイ」って言ったやつ。世田谷《せたがや》の奥のほうに住んでいやがって、そいつん家《ち》にタクシーで行ったはいいけど、おカネをくれなかったって。世田谷で始発まで待って帰ったという落語家がいた。

まるで分かってないスポンサーって、けっこういる。何を勘違いしてるんだか、若手の漫才師でも何でも飲ませたり食わせたりして喜んでいる。それはたしかにいいんだけれど、芸人が困るのは帰りの足代なんだ。だって帰れないんだもん。スポンサーと六本木なんかに行けば、たいてい明け方になる。電車がない時間にお開きになると困っちゃう。「タクシー代くれなきゃ、飯、食わせんな」って言いたくなるよ。でもスポンサーは、飯や酒をおごったからもういいだろうと思ってる。

落ちぶれて借金に来る金持ちもいる

タクシー代とか小遣いとか、別にカネだけが目当てじゃないけれど、貧乏芸人には現実問題としてカネがなければどうにもならない状況があるわけで、粋なスポンサーなら、そのへんの本質をついた対応ができる。

いちばん下品なのはバブルのころに儲かって、芸人におごりまくって小遣いをバンバンくれたりしたはいいけど、バブルがはじけたとたんにカネ借りに来るやつだ。「あの時おごってやったんだから、今度は俺に貸してくれ」って芸人のところに来る最低なやつがいる。

それでこっちが断わると、「この恩知らず」って言うんだから。

「お前、あれだけ面倒見てやったじゃないか」とか言うけれど、俺らからすれば「面倒見てくれたかもしれないけど、じゃああんたに同じカネ出すから、同じことしてくれます?」ってなるじゃん。「旦那、旦那」と持ち上げて、漫才やったりしてくれるのかいって。

俺の大学時代の友だちだったかな、バブルのころにすごい儲かってたやつがいた。一回電話がかかってきて会ったら、広告とか宣伝の仕事をやっているみたいで、景気がいいから羽振りもよかった。そのあと何回か会うようになったの。

でもバブルの時期が終わったら、パタッと電話がなくなっちゃってね、「ああ、あいつ、調子おかしくなったかな」と思って。

そしたら、そのあと浅草でそいつとすれ違ったんだ。

「おう、どうしてんだ」

「働いてんだよ」

ひと言、言い残して逃げるように行っちゃった。とても羽振りがいいようには見えなかった。

それから三、四年たって、また浅草ですれ違ったら、今度は様子が違う。

「おう、北野」とか陽気に言ってる。「じゃあ、行こうか」ってことで飲みに行って、いろいろ聞いたら「ちょっとはよくなった」だって。正直でいいなと思った。

「何であの時は逃げたんだよ」

「だって北野、カネがない時にお前に会えるかよ」

そう言えるなんて、大したもんだと思った。

「五分《ごぶ》と五分で飲めないだろう」

だって。ちょっとかっこいい。

江戸の「粋」、上方《かみがた》の「くだらない」

「粋」と似た意味で「上品」とか「鯔背《いなせ》」「伊達《だて》」という言葉がある。それで反対側には「無粋《ぶすい》」「下品」「野暮《やぼ》」がある。

俺が一ページも読まないうちに降参しちゃった『「いき」の構造』によると、「粋」っていう言葉は江戸文化の美意識を表わしていて、上方《かみがた》では同じ「粋」でも「すい」と読むらしい。それで「粋」は江戸特有のものだし、本の作者は上方の「粋《すい》」と区別する意味で平仮名《ひらがな》の「いき」を使ったっていう解説もあるそうだけど、じゃあ江戸の「粋《いき》」と上方の「粋《すい》」がどう違うんだと聞かれたら、俺には正直なところ分かんない。単に読み方が違うだけじゃないかって気もするし。

日本の歴史では関西の地位がずっと上で、江戸が政治や経済の中心地になってからも、文化的な上下関係は変わらなかった。だから「上方」なんでしょ。俗説かも分からないけど、「くだらない」っていう言葉は、上方が位置的に上だったことが語源だっていうよ。

食い物でも何でも、昔は関西のほうが品質がよくって値段も高かった。関西でつくられたものが東海道を下って関東や東北に運ばれる。逆に質が悪いものは下らない。それで、つまらないものとか値打ちのないものを「くだらない」と言うようになったというね。俺たち芸人にとっちゃ、「くだらない」は誉め言葉なんだけど。

ただまあ、比較すれば「粋《いき》」は江戸のほうが似合う気はする。「粋な江戸っ子」は決まり文句だけど、「粋な関西人」ってあまり聞かない。「粋な浅草芸人」なら顔も浮かぶけど、「粋な吉本《よしもと》芸人」じゃインチキくさい。お笑いの中味だって、関西は夫婦のどつき漫才がうけるし、女が男を蹴飛ばしたりするのが平気だけど、東京の人はそれを下品だと見る。

利休《りきゅう》対秀吉《ひでよし》

ついでに言っておくと、上方の「粋《すい》」は、基本的に京都と大阪の勝負になってくるんじゃないかなと思う。京都を代表するのが千利休《せんのりきゅう》だとすれば、大阪代表は豊臣秀吉《とよとみひでよし》って寸法《すんぽう》で、利休の「わび茶」と秀吉の「黄金の茶室」が対照的で分かりやすい。

もちろん黄金の茶室は秀吉が利休につくらせたものだし、組み立て式で日本のいろんなところに運んだんだから、利休と秀吉を京都代表、大阪代表に分けるのはちょっと無理があると言う人もいるだろう。でもここでは無理を脇に置いといて、あくまでも茶道千家《せんけ》流の祖《そ》としての千利休と、大坂城主の豊臣秀吉ってことで話を進めちゃおう。

機会があって、京都の裏千家宗家《そうけ》に行ったことがある。「今日庵《こんにちあん》」って茶室。庭全体が重要文化財になっているとかで、まあすごかった。門をくぐったら玄関、最初に通される部屋、露地《ろじ》、中門、蹲踞《つくばい》と順々に行くんだけど、石畳に打ち水がしてあって、全部きれいに掃除されている。それで敷石の上に枯葉《かれは》が置いてある。俺は家元の千宗室《せんそうしつ》さんに聞いてみたんだ。

「あれ、葉っぱを置きました？」

「えっ？」

「葉っぱは落ちたんじゃなくて、置いたんじゃないですか。ちゃんといいところに」

「ああ、分かりますか。置くんです」

茶室に来る客のために、掃除をして水を打って、それから枯葉を置くんだね。客からは、きれいに自然なかたちで葉っぱが落ちているように見える。すごい時間と手間のかかった演出だと思った。

そういう部分で見ると、同じ演出でも秀吉の黄金の茶室は、自然なかたちとは正反対だ。客に「どうだ、金だぞ」って迫ってくる。見りゃ分かるよ。たしかにカネはかかっていて突き抜けてるんだけど、今日庵の佇《たたず》まいも別の意味で突き抜けてる。どっちかというと、俺は利休のほうが頭を使っているように思うし、センスみたいなものを感じるんだ。

『忠臣蔵《ちゅうしんぐら》』で赤穂浪士《あこうろうし》が、籠《かご》みたいな花挿《はなざ》しを吉良上野介《きらこうずけのすけ》の首の代わりにするじゃない。討ち入りのあと、花挿しを布でくるんで、槍《やり》の先につけて泉岳寺《せんがくじ》に向かう。本物の首のダミーだよね。

あの花挿しはもともと千利休のもので、それが吉良家に伝わったっていうよ。利休の「桂籠《かつらかご》」と呼ばれて、ものすごい価値がある。だけど本当は単なる魚籠《びく》だったんだって。漁師が捕《と》った魚を入れるやつ。京都の桂川で鮎《あゆ》を釣ってる漁師がいて、腰に魚籠を下げていた。それを見た利休が漁師からもらって花挿しにしたっていう話だ。何てことはない漁師の道具が、利休のおかげで超高級品に化《ば》けちゃった。

利休のやり方って、すごい粋なんだけど、間違うと得てして貧乏人の苦し紛《まぎ》れになりやすい。粋のつもりが下品になっちゃうことがある。だから粋なのかまるで下品なのか、どっちに転《ころ》ぶか分からない危険性と隣り合わせなわけで、それだけ粋というのはギリギリのところにあるものなんだとも思う。

「かっこ悪い人」の代表

今は粋な大人が少なくなった。いや、粋な大人はいるんだろうけれど、かっこ悪いやつばかりが目立つようになっちゃった。何でだろうか。

かっこ悪い大人の代表は学校の先生だね。先生が覗《のぞ》きをやっていたとか、生徒にメールでラブレターを出したとか。そんなのばっかり。覗きならまだかわいいほうで、それでも犯罪は犯罪だけど、今は男の先生が男の生徒にいたずらするしな。おまけに先生と生徒のやりとりが録音されてて、それがテレビで流れちゃったりする。

「なめてみな」

「いや先生、本当に無理です」

「お願い」

「無理無理、それは無理」

ってちょっと前のニュースでやってたけど、生徒が携帯電話で録音していたという。そこまでばれちゃいけないだろう。

だいたい昔から体育の先生がスケベだっていうのは定説で、中学でも高校でも男の体育の先生はろくなもんじゃないと、みんなうすうすは分かっていた。どうもあの先生、女の体ばっかり触っているぞって笑っていたんだけど、今みたいに騒がれなかったし、あまり大っぴらにならなかった。

エロ教師の数や犯罪の発生率が、昔と今とでどうなってるのか詳しいことは知らないけど、俺が思うには昔は表沙汰になっていなかっただけじゃないのかな。悪さをするやつって、生物学的に言えば昔も今も量はそんなに変わらないはずだよ。メディアの数が増えたから、情けなくてかっこ悪いやつが増えたように見えるんじゃないか。そうでもないかな。

銀行の頭取《とうどり》とか官房副長官とか肩書のあるやつが、女と一緒にいるところを写真に撮られる。それで「仕事の打ち合わせです」「政治談義をしていました」って言い訳するけど、必死に言い訳すればするだけかっこ悪くなる。かっこ悪いところを写真に撮るのもメディアなら、かっこ悪い言い訳を増幅して全国に伝えちゃうのもメディアでしょ。昔の頭取や政治家だって、愛人がいっぱいいたと思うけど、今ほどメディアの数は多くなかった。

実際、週刊誌でもワイドショーでも、その手のメディアには権威を地べたに引きずり下ろすような機能があるからね。そうすると大衆が気づいて、頭取だって単なるスケベオヤジじゃん、とばれてしまう。

まあ、どっちにしたってかっこ悪い。

没頭する姿が恥ずかしい

なんて言いながら、俺自身も相当かっこ悪いんだ。この歳《とし》になって、過去にしでかした自分のかっこ悪さを思い出すたびに、本当に情けなくなる。自分が嫌になっちゃうの。違う言い方をすると、今の若いやつらに自分が重なる時、自分の若いころを思い出して赤面する。

若いやつって欲望を隠せないじゃない、性欲も物欲も。今の若いやつが女欲しさに街をほっつき歩いてる姿を見ると、ああ俺も同じことやってた、恥ずかしいなって思うよ。それから若手芸人が売れようとして、テレビで無茶なことをしてる。そんなのを見ても「俺だ、これ」と、自分の恥ずかしいところが全部あからさまになるようで嫌になる。

でも俺の場合、もっと輪をかけて恥ずかしいのは、何かに没頭したり夢中になっちゃうことだね。

やっぱり下町に生まれて育った部分が大きいのかも分からない。下町の人は照れがすごくて、昔から「偉くなっちゃったらどうすんだ、ばかやろう」「あーあ、金持ちになっちゃって、かわいそうに」なんて言い方をする。成功や出世したやつに対する妬《ねた》みだけじゃなく、成功の片一方にある下品な部分も見抜いてるというか、それが照れと毒づきの入り交じった言い方になって現われる。

欲を露骨に出すのが恥ずかしい。だから子どもでも、欲しいものをちゃんと「欲しい」と言えないところがあって、そうすることが何となくかっこ悪いと感じていた。何かを食っている時でも一心不乱になれないで、フッとあたりを見回しちゃう。夢中になっている自分が嫌だという客観性が、下町にはあったと思うんだ。

品のないやつって酒を飲むのに夢中になったり、バクチでも真剣になっちゃって、遮眼帯《しゃがんたい》つけた馬みたいにワーッと一点だけ見つめて楽しんでいる。本人はいちばん楽しいんだろうけど、傍《はた》からは「しょうがねえな、あいつは。あんなばか笑いしやがって」と見える。で、まわりは内心、「もうちょっと気を使ったらどうなんだ」って思ってる。

気を使えよというのは、自分がどう見られてるか少しは考えなさい、客観性を持ちなさいってことだ。

アフリカには幻覚を見るまで踊っちゃう人たちがいるけど、日本も昔、お伊勢参《いせまい》りの「ええじゃないか」とか一遍上人《いっぺんしょうにん》の踊り念仏《ねんぶつ》があって、じいさんやばあさんが夢中で踊っていた。それと同じことを、今の若いやつはロックコンサートでやってるじゃん。コンサートの若い客って、集団催眠にかかった新興宗教の信者みたいだもの。

俺はああいうのを見てると頭が痛くなる。

そりゃ俺だって酒飲んで、カラオケでワーワー騒いだりするけどさ、どこかでそういう自分を見ている俺がいるんだね。

だから逆に、夢中になっている人をうらやましがったりもする。いいな、ああいうのって思う時がある。どかどか酒を飲んで、セックスに没頭できるやつがうらやましい。俺は酒を飲んでいるところを誰かが見ているんじゃないかとか、セックスしてても夢中になっている自分が嫌だ、みたいなところが必ずあって、やっぱり客観的になっちゃうんだ。別に鏡張りの部屋でやってるわけじゃないのにね。

いちばん影響を受けた人物は誰なのか

自分を客観的に見るということは、他人と距離を置くことでもあるから、下手すると他者を排除してしまう。

それで言うと、よく受ける質問で「たけしさんが影響を受けた人は誰ですか」っていうのがあるけど、先に答えてしまえば「いちばん影響を受けたのは自分です」だ。結局、自分になっちゃうわけ。

映画監督としては、スタンリー・キューブリックとか黒澤《くろさわ》明《あきら》さんとか、巨匠と呼ばれる人からは影響を受けていると思う。でも、ちょっと意味が違うんだ。巨匠たちに受けた影響とは、「俺はこんなに残酷になれない」っていう部分。役者がボロボロになるまで鍛え抜いたり、天気のために何日も待つとか、芸術のためにはどんな犠牲を払ってでもやり抜く人がいるけど、そういうのを見て俺はできないって思った。それほど芸術、芸術してるのは好きじゃないし、自分の限界が分かっている。

世に残るようなとんでもない映画を撮れる人は、それだけとんでもないことをしている。俺はそれができないから、とんでもない作品が残せないのか、逆に作品がダメだからとんでもないことをできないのか、とにかく端《はな》から芸術至上主義みたいな気持ちがない。

黒澤さんのドキュメンタリーなんか見ると、やっぱりとんでもないもん。『まあだだよ』っていう映画で、先生役の松村達雄《まつむらたつお》さんは、黒澤さんが厳しいから本当に白髪《しらが》になっちゃった。撮影中は白髪染めをやっていて、最後に染めなくてよくなった。最後のほうは先生が白髪で登場するから。

松村さんが演技を始めると、黒澤さんが「違うよ君、何やってるんだ！」ってNGを出す。違う違う、もう一回って延々とやられて、キャメラを全然回さない。毎日その繰り返しで、音《ね》を上げた松村さんは黒澤さんに「役を降ろさせてくれませんか」と言った。だけど黒澤さんは「何を言っているんだ、プロのくせに」って取り合わない。もう松村さんはボロボロになっちゃうんだけど、とうとう開き直って「もうどうでもいいや」って感じで演技に入ったら、黒澤さんがOKを出した。

「よくなったね。今、君は役者をやろうとしたね」

やっとOKになったたって。

芸術は人権無視だもの。役者の人権なんてないのと同じ。すごい現実だけど、やっぱり俺にはできないなと思う。人権無視してまで映画を撮ろうというほど入れ込まない。人権無視するから巨匠なんじゃなくて、黒澤さんたちはいい映画を撮ろうという情熱が俺の何倍もあるから、結果的に人権無視になるんだけど。

俺も、もうちょっとじじいになったら人権無視するかな。よぼよぼになって、あまり言葉に責任を持たなくてもいいようになったら「ダメだ、もう一回」とか「二日ぐらい撮影やめようか」なんて言ってみようかな。監督もボケちゃってしょうがねえなあ、だって。ボケが原因だと思わせておいて無茶やる可能性もあるけど、今はまだボケてないしね。

自分の最大のファンは自分

お笑いでも映画でも、自分のやってることに対して客観的に見ている、もう一人の自分がいる。「ビートたけし」と「北野武」の操《あやつ》り人形が一個ずつあって、その人形を上のほうから「俺」が操ってるような感じ。どれが本体だか分からない。

俺のいちばんのファンは俺であって、いちばんの批評家も俺だという気持ちがかなりあるから、時々「まだあんなことやってる。ばかだな、こいつ」って頭を抱えちゃうけど、どうしたって俺の場合、自分がいちばん影響を受けてるのは自分なんだ。すごい客観的なの。

その善《よ》し悪《あ》しは別にして、前にも言ったように、粋であるためには客観性が大きく作用するんじゃないかな。芸人の「ビートたけし」がいて、映画監督の「北野武」がいて、それを客観的に見ている俺もいるから、それぞれの「たけし」という商品を扱うことに関しては熱心にもなれるんだと思う。

だいぶ前の話だけど、フジテレビの「27時間テレビ」で俺がくだらないことをやったら、若手の芸人がみんなひっくり返っちゃったって。全国いろんなとこからの中継で、沖縄じゃ「ハブ獲り名人・蛇田《へびた》ニョロ」、北海道だと「乳しぼり名人・牛田《うしだ》モウ」、東京で「花火名人・火薬田《かやくだ》ドン」とかって変な名前を自分につけて、被《かぶ》り物したり顔じゅう塗りたくったり、まあ徹底的に道化《どうけ》をやったの（校注・「27時間テレビ」

には二〇一一年も登場した）。

「たけしにあそこまでやられちゃかなわねえ」って反響がすごかったらしい。でも俺は、自分に映画監督としての知名度がもっとあったほうがいいとも思うんだね。だってお笑いは落差だから。「蛇田ニョロ」を総理大臣がやれば客は最高に笑うだろう。俺は総理大臣にはなれないけど、総理大臣と同じランクの映画監督であれば、道化がもっとうけると思うわけ。

中には「私は映画監督だからばかなことはできない」と言うやつがいる。「たけしさんも海外で賞をとってる監督なんだから、少しは上品に」なんて声もある。それがいちばん下品で無粋なんだよ。

俺は出身が映画監督じゃなくて漫才師だ。お笑いがあって「たけし」をやってきたんだから、芸人の俺は客を笑わせなきゃいけない。やるんだったら徹底的にやる。徹底的にやれと、もう一人の俺が俺に命令する。

カンヌのレッドカーペットを歩く時、浅草で買ったチョンマゲを被ったりしたのはそういうことでね、基本的には客が喜んでくれればいい。悪いことしなきゃいいんだから。アカデミー賞に呼ばれたら尻《ケツ》でも出してやろうか。それがわれわれ芸人の、最低限の気の使い方だ。

美しく歳《とし》を重ねる、だって？

それで粋な大人が少なくなったって話の続きで、日本はかっこ悪いやつばっかりのくせに、みんなかっこよくなりたがる。かっこ悪いと自覚してるからかっこよくなりたいのか、自覚がないからなのか知らないけどさ、だいたいそういうやつって外見から入るんだ。

最近目につくのは「アンチ・エイジング」っていうの？　きれいに歳《とし》を重ねましょうって、みんな必死じゃん。顔のしわを伸ばしたり、ヒアルロン酸だのケミカル・ピーリングだの、整形みたいなことしてずいぶんカネがかかるらしいけど。

しわだけ伸ばしてもしょうがない。しわをとってそれなりの顔をつくっても、顔以外が下品だったら意味がないわけ。飯の食い方から、言葉遣いとか態度とか、服の趣味とか全部をひっくるめて個人の総合芸が成り立たないと、貧乏のくせにバッグはルイ・ヴィトンですっていうやつと変わんなくなっちゃう。「貧乏な格好でヴィトンのバッグはないだろう」と同じように、「下品な格好して、そのツルツルの顔はないだろう」って言われるよ。品があって粋なおばさんは、整形しなくたって品がある。それには若いころから何かいい趣味を持ってて、長く続けているとか年季が必要なんだ。年季のあるなしで人間の雰囲気が違う。三〇分のプチ整形じゃ雰囲気はつくれない。

　年寄りは若い時の延長上にあるんで、歳をとってからあわてて「粋な年寄り」になろうとしても間に合わない。リタイアが近くなったから何か始めようったって、貯金と同じで若い時から準備を始めておかなければ大したものになりっこないんだ。歳とって趣味がないっていうのは若い時から趣味がないやつの話でさ、若い時からゴルフばっかりやってるやつは歳とったってゴルフをやる。

　趣味とか道楽《どうらく》って、気合いを入れてやんなきゃものにならないし、だいいち楽しくない。今日から釣りを始めましたっていうやつと、三〇年前からやってるやつじゃ、どうしたって差がついている。釣りの初心者は何が釣れるんだ、道具はどうなってんだ、エサはどれって、釣りそのものを楽しむ暇がない。だけど年季が入ってりゃ、それなりに釣りの腕前も上がってて、釣り人としての雰囲気が備わっている。それが粋ってもんじゃないの?

少子高齢化だ、年寄りが増えた、どうしましょうって、急に長寿時代が到来したようなことを言う。昔なら年寄りはさっさと死んじまえばよかったのが、さっさと死ななくなったもんだから、「お年寄りは趣味を持ちましょう」「好きなものを見つけましょう」「いつも若々しくいましょう」なんて言いだした。今、言っても遅いよ。付け焼き刃にしかなんない。

どうせなら突然変異で、ちょっと狂ったようなじじいが出てこないかな。何でもいいから趣味を持てって言うんなら、いきなりフランス語をしゃべってみせるとか。こんなに安い趣味はないよ。だってフランス語の教材を買うだけだもん。勉強は死ぬまで続けられるしさ、どうせ暇なんだから朝から晩まで勉強して、たとえば一年間勉強した成果を試すためにフランスへ行ってみる、なんて楽しいと思うよ。

俺なんか今、英字新聞を読もうと思って必死にやっている。あとCNNを見たりとか。英字新聞って見出しやなんかに独特の新聞用語があるじゃん。教科書の英語と違うから「ああ、こんな意味で単語を使うのか」って、けっこう面白いんだ。それから日本のニュースで見た事件を英字新聞で読み直せば、こっちは内容を知ってるから理解も早い。相撲取りの大麻問題なんて、やたらおかしいもん。

老醜《ろうしゅう》とは、老いてからの話ではない

いろんな意味で、若い時代からの準備が足りないと、歳とった時にオロオロしちゃう。自分は歳をとったんだなという現実に気づいて、初めて愕然《がくぜん》とする。日本語の「老醜《ろうしゅう》」って、そういうことを表わしてるんじゃないかな。品《ひん》のいい年寄りには余裕みたいなものがある。

醜《みにく》い歳のとり方がどこから始まるかっていうと、中年からなんだね。中年のなれの果てがじじいやばばあなわけで、中年の時どう動いたかで、その人の品も決まる。巷《ちまた》には見るに耐えない中年が、うじゃうじゃいるじゃない。図々しいおじさんとかおばさんの、とんでもなく下品なやつが。絶対にろくなじじいやばばあにならないと思うよ。まわりに気を使っていないし、自分に気を使っていないから。

俺だって歳とったなって感じるもんな。還暦《かんれき》すぎて、孫もいるしさ。ただ、少しはまともかなと思うのは、俺は歳とることが嫌でもない。そのへんに手はぶつけるし、足は痛《いて》えし、ゴルフの練習をすれば腰が痛くなるし、もの覚えも悪くなっているけれども、そういうことに対する納得の仕方がある。

発酵《はっこう》食品みたいなもんで、「じじいの俺もいい味だ」「六〇年ものだぜ」って感じだね。ワインだとしたら、じじいになりたてはうまくない、二〇年寝かせたじじいはうまいとか。それじゃ寝たきり老人か。起きてるって。

いい畑でとれたじじいはうまいし、いい環境で歳とっていくじじいは味もいい。畑とか環境で、じじいもロマネコンティになるか、単なるテーブルワインになるか違ってくるんじゃないか。だから月次《つきなみ》な言い方だけど、時間をかけて自分をどう磨くかってことになる。

じじいとかばばあはウンコだと思えばいい。歳をとったら汚《きたな》くなる。生き物はみんなそうだ。それで、汚いものはきれいに扱わなきゃいけないんだ。汲《く》みとり便所の汚いじじいはダメで、きれいなウォシュレットのじじいじゃなきゃいけない。どうせ汚いんだから。とくに日本は汚いものを汚いものとして扱う傾向があるから、じじいやばばあも汚いまんまにされちゃう。

俺はそのへんで入ったトイレが汚いと、掃除しちゃうもん。すごい気になる。トイレ掃除が変な癖《くせ》になっちゃった。飲み屋のトイレに入ったら前のやつがゲロ吐《は》いてたりさ、汚れてる時があるでしょう。そういうの見ると、たいてい掃除するからね。あとから入ってきたやつに、「あ、たけしがこんなに汚してる」なんて思われるのも嫌だし。だけど汚いものをちゃんときれいにするのは、とても心地いいものだよ。

「いい歳のとり方」をする人の条件

浅草の食い物屋に行くと、たまに三世代一緒で飯を食ってる姿を見かける。おばあちゃんと息子夫婦、孫の三世代がお膳《ぜん》を囲んでるんだ。おばあちゃんは粋な感じで頭を梅干しみたいなかたちに結《ゆ》っていて、孫におかずをとってあげたりするんだけど、見てるとばあさんには嫁さんが、お櫃《ひつ》からごはんを盛《も》っている。家族の姿としてはすごくいいなと思う。

要するに子どものいる息子夫婦が、自分の親であるおばあちゃんを、ちゃんと扱っている。ちゃんと扱われるのには理由があるわけで、ばあさんでもじいさんでも雰囲気があるし、大切にされてる様子を見れば「ああ、立派な人なんだな、この人は」ってすぐ分かる。いい歳のとり方をしている。年代物のワインになってるんだ。

今のじいやばばあが掃除されてない便所みたいに大切にしてもらえないのは、大切にされる要素がないからであって、得体の知れないじじいでも大企業の会長だって言われたら、みんな大事にするだろう。「あのご老人は○○社の名誉会長で、九○歳でもお元気ですよ」なんて紹介でもされたら緊張するでしょ。おっかなそうだし。逆に「あのへんの、ただのじいさん」だったら誰も緊張しない。

それは肩書きってこともあるけれど、肩書きがつくまでやってきた本人の歴史が、まわりを説得しちゃうんだ。歳とったって、どう見られるかが勝負であることに変わりはない。いや、歳とって身を守るためには、自分を若いやつにどう見せるかってことをちゃんと考えなきゃいけないと思う。

人間は勝手な生き物だから、あらゆるものを自分の都合で判断する。「男の顔は履歴書」ってよく言うけれど、これも結局はどう見られるかの問題で、不細工《ぶさいく》だろうが二枚目だろうが顔の善《よ》し悪《あ》しは全部他人の判断だ。じいさんの顔写真を二枚並べて、こっちは会長、こっちは普通のじじいですって言えば、見たやつは「ああ、さすがに会長になるだけの顔つきをしているなあ。普通のじいさんは情けない顔だよな」と思う。でも実は写真が逆だったりして。

「間違えました。会長の写真は反対のほうです」

そう言われたらどうするんだ。困ったな。「いや、本当はそうじゃないかと思っていたんです」とでも弁解するしかないか。

だから男の顔が「履歴書」になるのは、やっぱりその人の肩書きだったり実績があるからで、その人の歴史を知ったやつが履歴書として判断するんだ。

「元ヤンキー」を持ち上げるのは、おかしくないか

歳のとり方っていうことで言えば、ちょっと古いけど「ちょい悪《ワル》オヤジ」とかさ、中年の男が不良を気取ってみたり、若い時に不良だったやつが学校の先生や弁護士をやったりで、ワルブームみたいなのがあった。そのへんの情けないオヤジが「俺も昔はワルでさあ」なんて言いながら、そういうやつに限ってワルじゃなかったという。いじめられっ子だったたって。

数学的に見ると面白くて、数直線上の真ん中がゼロで、向かって左側がマイナス、右側がプラスだとしたら、ワルは明らかにマイナスの側にいる。ゼロは普通の人、プラスにいるのは善良というかいい人。

それで、ゼロの人が「五」のいいことをやると「プラス五」になるけど、「マイナス五」の悪いやつがいいことをして「プラス五」の位置に行ったとすると、絶対値としては「一〇」だから、すごい偉いやつに見える。それが元暴走族の弁護士とか「元ヤンキー」で、持て囃《はや》されてテレビに出たり本を出したりする。

ゼロの普通の人と、「マイナス五」の悪いやつで、どっちも同じ「プラス五」なんだけど、悪いやつのほうは「一〇」頑張ったから偉いですねって言われる。でも、そいつはちっとも偉くないよ。暴走族なんかやらないで、真面目《まじめ》に働いて勉強して弁護士になったほうが偉いのに決まってるじゃん。

どうして元暴走族とか、元ヤクザが司法試験に受かると誉《ほ》められるんだ。「マイナス五」の分を足してるじゃないかって。そういう風潮があるから、何てことない中年のサラリーマンまで「俺も昔はワルだった」なんて嘘をつくんじゃないの。

でもよく考えたら、本当に昔はワルで、今は普通に働いてるっていうやつは、いちばんしょうがない不良だよ。「マイナス五」がゼロになった。プラスにしてくれよって言いたくなる。

「若いころは俺もワルでよお、もうやんちゃはできないから、今は真面目に働いてるんだ」って、お前なんか大したことないじゃないか。ゼロなんだよ。少しはいいことしなさい。

なぜ女は悪い男に惹《ひ》かれるのか

まあ昔から、女は不良っぽい男に惚《ほ》れやすいとか言われるから、ばかな男がワルぶっちゃうのも分かんなくはない。

それで「俺はワルだ」なんて言うと、「ずいぶん女を騙《だま》してるんでしょ」って思われる。悪いやつっていうだけで、いい女とつき合っちゃ捨てたりの繰り返し、みたいなイメージができあがっちゃう。そうすると女のほうは、この人はさんざん女遊びをしてきて、目の前にいる私のことはどう思うのかしらなんて気になって、そのうちのめり込んじゃうという。

寿司屋でも飲み屋でも、いろんな店に顔を出してる客のほうが手強《てごわ》いし、客としては魅力的なわけ。いろいろ食い歩いていて、「あの人は食い物にうるさい」と評判の客には「うちの店にも来てくんないかな」と思わせる魅力がある。その客に自分の店を判断してもらいたいし、もし来てくれて「うまい」と言われたら、うれしくてしょうがなくなる。目が肥《こ》えているやつに認められるわけだから。

女が悪い男に惹《ひ》かれるっていうのも、意外にそれと同じで、ワルで遊び回ってるやつに認めてもらいたいからじゃないのかな。実際、もてるワルっているもんな。だからといって、別にワルで遊び人じゃなきゃ女にもてない、というわけじゃないよ。男と女の関係は基本的には気持ちの問題だから、もてるやつは相手の気持ちを揺さぶるのがうまい。男でも女でもね。やっぱり気の使い方になってくると思う。どうしても品とか粋であることに行き着くんだ。

もてるってことは、その人に色気があるわけでしょ。男で「やらせろ、やらせろ」ばっかり言ってるスケベなやつは色っぽくないもんな。欲望丸出しで気を使っていないから。色気のあるやつはちゃんと気を使うもの。それが男と女の関係なら、もてるやつだし、男同士だったら「あいつはいいやつだ」ということになる。その色気が立ち居振る舞いに現われれば「粋な人」になるんじゃないか。

作家の伊集院静《いじゅういんしずか》さんは女にもてるって有名だけど、俺はあの人がもてるのがよく分かった。伊集院さんは立教《りっきょう》大学の野球部で、俺も野球が大好きだから一緒に草野球をすることになったの。伊集院さんがピッチャーで、俺はショートを守ってね。

さすがに本格的に野球をやってた人だから、投げると速い。それが相手の何てことないバッターに、ポコーンとホームランを打たれちゃった。格下のやつに打たれたんだから、普通は悔しがるはずだ。だけど伊集院さんはニコニコしてるんだよ。俺がマウンドに行って「ドンマイ、ドンマイ」とか言ったら、全然気にしてない。

「たけちゃん、あいつ今日一日うれしいんだろうな。今のホームラン一本で今夜はうまい酒を飲めるんだもんな。よかったねえ」

聞いた瞬間、俺は「この人、もてるな」と思ったね。何かいい雰囲気を感じた。この雰囲気で近づかれたら女はコロッといくなって。「この女騙し」とも思ったけど。

「愛人マンション」での大事件

俺は伊集院さんじゃないからさ。よく話すんだけど、きれいでモデルみたいな女って、見てるのはいいけどやる気にはなんない。昔から「連れて歩く女」と「やる女」は違うと思ってる。それで言うと、やる女はだいたい朴訥《ぼくとつ》とした田舎くさいおねえちゃんなの。もう明石家《あかしや》さんまとか、みんなに笑われてる。キオスクのおねえちゃんとつき合ったことがあって、それをさんまにばらされちゃった。俺のことを「キオスクで売れ残った甘栗《あまぐり》を、安いアパートで楽しみに待ってる男」とか言いやがった。おねえちゃんが売店から残り物を持ってきてくれるって、ふざけるな。「温泉卵と甘栗でいい仲になってる」なんてことも言われた。

安いアパートは事実でね、一階がじじいとばばあでやってる汚《きた》ね下駄屋。その脇を抜けて二階へ上がると三つぐらい部屋があって、共同便所で風呂もないアパートにキオスクのおねえちゃんが住んでいた。フライデー事件のあとだから、俺も全国的に知られていて、おねえちゃんの部屋に行く時に下駄屋のじじいと目が合うと変な顔をしている。「ただいま」とか言って二階の部屋に上がっていったけど。

風呂がないもんだから銭湯《せんとう》へ行くしかない。おねえちゃんと近所の風呂屋に行ったら、客がみんな俺のことをじろじろ見てるんだよ。「たけしだ、たけしだ」って指さしてるの。それで風呂に入って、外でおねえちゃんと待ち合わせて二人で桶《おけ》を持って帰ってきたんだもん。まるで『神田川』だよ。嫌になっちゃった。

これじゃかなわないんで、おねえちゃんにマンションを借りてあげた。そしたらそのマンションに強姦魔が出たんだ。「白い強姦魔」って、白いマンションばかり狙うやつがいたの。それがおねえちゃんのマンションに来やがって、よしゃあいいのにおねえちゃんが風呂に入ってるとこを覗いてた。

ギャーッて叫んで警察を呼んで、警察がおねえちゃんの部屋で指紋を採ったら、冷蔵庫に俺の指紋がいっぱいくっついている。俺はフライデー事件で指紋を採られてるから、警察はすぐ分かるわけだよ。これはビートたけしの指紋じゃないかって。それでおねえちゃんに警察から電話があった。

「ビートたけしさんを知ってますか」

「私、知りません」

「何っ」

警察がざわめいたって。

そりゃそうだ。知らないやつが部屋に侵入してたんなら、そいつが犯人じゃないか。「たけし強姦魔」だって。冗談じゃないよ。おねえちゃんは気を利《き》かせたつもりで、俺とは赤の他人っていうことを警察に伝えたかったんだろうけど、このままじゃ俺が捕《つか》まっちゃう。

「白い強姦魔は俺だってことになっちゃうだろ。たけしさんとはつき合ってるんですって警察に言えよ」

もうたいへんだった。

別れ話に「粋」さ加減が出る

若いおねえちゃんも一〇年もつき合えば、どうしたって衰《おとろ》えてくる。女が衰えに気づいて焦《あせ》りだしたら始末が悪い。それまでどこかに隠れていた女の欲が顔を出したりするから。

おねえちゃんたちが俺とつき合うということは、俺からカネを引っぱろうとする意思はなくても、金銭的に不自由しないというか、現実的には恵まれてる状態にあるわけだ。ところが自分に商品価値がなくなったと気づいてきたら、ちょっと焦る。今までの恵まれた状態は自分に商品価値があったからだと知らされる。

女って自分の売り方をよく知っていると思う。商品価値がなくなって、俺とつき合うのも限界かなと思ったら、別れて違うやつのところへ行くか、それなりの見返りを求めるしかない。俺にはかみさんがいるから「どうせあなたとは一緒になれないし」なんて言われる。そうしたら俺は、下品だけどカネで解決する以外に方法を知らないんだ。

迷惑をかけた女って何人かいる。たとえばそういうおねえちゃんたちに、別れたあとでも俺が仕送りするとしようか。俺はたぶんカネは送っても、おねえちゃんがどうなっているかとか知ろうとはしないだろうね。その女《ひと》の状況を詮索《せんさく》する勇気みたいなものがない。

だって、旦那ができていながら「またおカネを送ってくれた」って陰で喜んでるんならありがたいけど、送るカネだけに頼られたら困るだろう。そのぐらいは想像できる。「あなたのおカネで今まで暮らしてこれました」なんて言われた日にゃショックだよ。野坂昭如《のさかあきゆき》さんの『火垂《ほた》るの墓』になっちゃう。

防空壕《ぼうくうごう》で暮らす兄ちゃんと妹がいて、妹は栄養失調になる。兄ちゃんは野菜とかを盗んで妹を介抱《かいほう》するけど、全然よくならない。なけなしの貯金を下ろして食い物を手に入れた時にはもう手遅れで、妹は終戦の一週間後に死んじゃう。そんな兄ちゃんのほうも栄養失調の戦争孤児になったから死ぬ運命が待っているっていう話。

それじゃ嫌だなと思って。

「優しさ」は汚い

俺はよく女に優しいと言われるけど、優しい人って実は汚いのかも分からない。自分が傷つきたくない。修羅場《しゅらば》に自分を置きたくない。自分を安全なところに置いて、お茶を濁《にご》したやつが「優しい人」の正体なんじゃないか。

女と別れたいのに、「別れよう」と口に出さないでダラダラしてるやつがいる。それは女に文句を言われたくないからだ。だけど、別れ話を切り出さないことを優しさと勘違いしちゃう場合もある。勇気ある優しさは「別れよう」とはっきり言うことだって意見もあって、これはすごい難しい。

男の友だち同士が別れ話について話すと、こんな感じになる。

「彼女がいつまでも引きずってかわいそうだろう。『別れよう』って言ってやれよ。お前は一緒になってあげられないんだから」

「でも、そんなこと言ったら彼女がもっと泣くから」

「じゃあ、泣くっていつまで泣かせるんだよ」

そういうやり合いが、いつもついて回る。

だから女が歳をとってきて、女のほうから「別れましょう」って言われた時に、男はおカネをあげてホッとしたりするんじゃないかな。そうすると、お前は汚いやつだということになる。一生面倒を見られなかったからじゃなくて、女に「別れよう」と言わせたからだって。

そういうやつは本当にその女を愛していたんだろうか。女に暴力を振るって、しまいには殺しちゃう男がいるけど、ひょっとしたらそいつは女を殺せるほど愛していたのかも分からない。

俺はおねえちゃんを殴ったことが一度もない。殴るほども愛してなかったんじゃないかと思う時がある。そこに「粋」の問題が出てきてね。

殴るのは下品だろう、と。

自分から別れ話を切り出すと自分が悪人になるだろう、と。

女が別れたいと言うから別れる。その時、「粋の地獄」が待っているわけ。本心の部分で、本当のことをやっていないから。

粋であるためには、時には命をかけて自分がつまんない男にならなきゃいけない。

粋であるための覚悟とつらさ

粋なやつは獣《けもの》のようなセックスができない。やれば気持ちいいんだろうなというのは分かるんだけど、そうさせない自分がいる。だから快感も得られない。「粋」にはそのための覚悟が必要だ。

深見千三郎師匠もそうだったけど、粋であることは外面《そとづら》が異常にいい。だけど身内にとっては迷惑かも分からない。外面をよくするために、金銭的な面でも身内に迷惑

ほうが少しは文化的に進化している。

をかけるしさ。外に行ったらカネがないなんて絶対に言わないで、他人に小遣いをあげたりする。それで「粋ですね」と言われるけど、その粋のために家庭がどれだけひどい目に遭《あ》ったか。女房から奪いとったカネで他人を喜ばす亭主は、粋でありながらひどいやつでもあるわけだ。

下手すると、粋というのはかなり自虐的で、自分を抑えることで成り立っている。粋な人はその中で「粋」を見つけていく。他人に変なふうに思われたくない。当たり前の欲望に目がくらまないようにしている。だから品があって粋な人は、本当は恥ずかしがり屋なのかも分からない。

粋でありつづけるのはつらい生き方なのかもしれないね。粋と言われることが楽しいだけであって、「粋のための粋」みたいなところがある。深見師匠みたいに自分のイメージを大事にして、やせがまんばっかりしてしまう。

それでも俺は「粋」が好きだ。

普通の茶碗《ちゃわん》なんだけど、火をかけてちょっと歪《ゆが》みを出した焼き物があるでしょう。その歪みが美しいという時代もあるわけだよ。写実主義から印象派になる。そっちのほうが少しは文化的に進化している。

だから俺が言う「粋」は歪んだ茶碗に似ていてね、それが「常識をわきまえたうえでの、もうひとつ上の生き方」なんじゃないかと思う。

4

作法

サルがパンツを穿《は》いた瞬間から作法が始まった

「ちゃんと」すること

若い時に連れてってもらった料理屋で、俺はずいぶん得をした。料理屋に入って座敷に上がろうとしたら、下足《げそく》のところが脱ぎっぱなしの靴でいっぱいになっている。だから俺はいちいち揃《そろ》えたのね。そしたら変なヤクザが俺を見ていて、「おい若え《わけ》の、ちゃんとしてるじゃねえか」とか言って小遣いをくれた。そんなことが何回かある。ヤクザは「お前、ちゃんとしてるな。最近はちゃんとしてねえやつが多いんだよ」って言うんだけど、じゃああんたはちゃんとしてるのか。よく考えたらヤクザじゃないかって。道を踏みはずしてる。

でもまあ、下足を揃えるとか、基本的で伝統的な作法っていうのは、社会としてみんながちゃんと生活するためにできている振る舞いだから、実に無駄がないんだ。人間関係に則《のっと》った振る舞いで、人間が生きるのにいちばん都合よくできている。それを何か古くさいもの、面倒くさいものだとして敬遠するのは間違いだと思う。

俺はおばあちゃん子だったからな。年寄りと暮らしていると、意外に行儀がよくなるのかも分からない。

銀座によく行く喫茶店があって、そこの女主人と俺は仲がいいの。歳は俺と一緒で六〇すぎたおばさんなんだけど、前からの知り合いで、行くと本当によくしてくれるんだ。一八〇〇円のブルーマウンテンを俺だけ一〇〇〇円にしてくれたり。ケーキまで出してくれる。いいのかな。

銀座のほうの本屋さんに行った時、無性《むしょう》にコーヒーが飲みたくなって、そうだ、あのおばさんの喫茶店があるなと。近いし車で移動するのも大げさだから、歩いていったら店の前で人が集まってきちゃった。そしたらちょうどおばさんがいて「たけしちゃん、こっちこっち。こっち来て」と急いで店に入れてくれた。入ったら従業員が着替えるような個室に案内してくれてさ、「嫌でしょ、ワーワー言われるのは。はい、これコーヒー。これサンドイッチ」とか言う。

「ワーワー言われるのは嫌でしょ」って俺に言うわりに、ワーワー言ってるのは自分だったりして。お前じゃないか、騒いでるのは。

同じようなことがその近くの宝くじ売り場でもあったな。喫茶店に入ろうとしたら人だかりができて、ちょっとヤバイなと思ってたら、宝くじ売り場のおばさんが「こっちこっち、ここに入っちゃいな」って売り場のブースに入れてくれたの。また「こっちこっち」だよ。

それで売り場の狭い中で「たけしさん、たまには宝くじ買いなさいよ」とか雑談してるうちに、おばさんと仲よくなっちゃった。

だいたい俺が友だちになる女は、おばさんとかばあさんばっかりだ。ストリップの浅草ロック座で会長やってるおっかさんは八〇だし、京都の料亭の女将《おかみ》が八七。全部ばあさんじゃないか。どうしてかな。やっぱりおばあちゃん子だからかな。もっと若くて店を持ってる女はいないかなって言ったら図々しいか。

礼儀知らずの芸人が増えたのはなぜなのか

行儀とか礼儀について言えば、浅草の深見師匠は厳しかった。ものすごくおっかない。行儀が悪いと「てめえ」なんて怒鳴るからね。教わる以前に怒鳴り声が飛んでくる。芸人が楽屋の化粧前に道具を出したまんまだったりすると、師匠が何気なく「汚えな、お前ら」って言う。ああ、いけねえと思ってたら「てめえら、自分の化粧前を片づけられないやつが芸なんかできるか」と怒鳴られて、あわてて掃除する。だから俺たち若い芸人は、いつもびくびくしていた。

芸事《げいごと》の世界も家庭生活も基本は一緒で、師匠、兄弟子《あにでし》、弟弟子《おとうとでし》っていうのと、じいちゃんばあちゃん、親、子どもの三世代はよく似ている。家族が三世代で暮らしてたころは、やっぱり子どもも礼儀というものを分かっていた。それが核家族になって、子どもが自分の部屋を持つようになってから、礼儀がなってないと言われるようになった。

同じことが演芸場でも起きていて、先輩芸人と後輩芸人の楽屋が一緒でなくなった時から、礼儀知らずの芸人が増えてきた。

昔の演芸場だと、大師匠は別にして、若手から中堅まで芸人は全部ひとつの楽屋を使っていたわけ。三〇畳ぐらいの広い楽屋で、壁に鏡が一個一個並んでいて、それが化粧前になるんだけど、座る場所も先輩、後輩で序列が決まっていた。そんな中で若手は先輩にお茶を出したり、師匠のスーツの着替えを手伝ったり、パパッと動いた。

隅っこのほうで麻雀《マージャン》やってる先輩たちにお茶を出すと、飯でも食えっておごってもらうとか、そこで若手は行儀よくなるし、作法を覚えた。

今はもう大きな楽屋がほとんどなくなって、その代わり芸人用の個室ができた。楽屋がセパレートされて番号がついている。ホテルみたいだ。他の芸人さんと一緒にいる機会がないから、若手も作法が身につかない。先輩がタバコを持ったらサッとライターを出すなんて動きができなくなっている。

若手は先輩芸人と初めて会っても、それなりの立ち居振る舞いができないから結果的に失礼になったりする。そうすると先輩芸人が、その若手の兄弟子やなんかに「何だ、お前のとこのあいつは」と文句を言うことになる。

挨拶を「しない」のではなく「慣れていない」

俺の場合はトータルすると四〇人近くの弟子がいる。あまり怒らないようにしているけれども、「軍団」と言うぐらいで、しょっちゅう俺と一緒にいるから弟子も最低限の作法は分かっているし、失礼なことにはなっていない。

だけど今、俺みたいなのは少数派で、弟子を持っている芸人もいなければ師匠のいる芸人も見かけない。みんなプロダクションがつくった芸人養成学校出身だから、師匠がいるはずもないんだ。師匠がいないということは、仲間で飲んでいても煙たい人がいないわけで、芸人にとっては自由でいいんだろうね。そのぶん失礼になるんだけど。

今の若手芸人は、じゃんじゃんジャニーズ系のタレントみたいになってる気がするよ。養成学校を出て、テレビに使ってもらったら人気が出た。人気のあるうちはプロダクションもテレビ局も、こいつはカネになるって使うけど、そいつの給料は安いまんまで、そのうち人気がなくなったら捨てられる。そのへんのグラビアアイドルと変わってないじゃん。

そういう状況で、芸人同士の横のつながりはあるんだろうけど、先輩、後輩の縦のつながりが消えちゃった。尊敬していようがいまいが、若手は売れている人の前に出ると、どうしていいか分からない。それで自然に失礼になってしまうんだ。「挨拶もできないのか」って言われちゃう。

でもそれは芸人を取り巻く状況が昔と違っているからでね、挨拶できないのではなくて、挨拶するのに慣れていないだけだと思う。そう考えれば、今の若いやつってそれほど悪くはない。挨拶を「しない」わけじゃないから。先輩にケンカを売っているわけではない。いつ、どこで、どうやって挨拶をしたらいいか、その振る舞いが分からないだけなんだ。

芸人に限ったことではなくて、今の若いやつは礼儀作法が全然なっていないというけど、方法としての作法を状況的に分かっていないんだと思う。電車の中で年寄りに席を譲るのは当たり前の作法でしょ。でも若いやつは座ったまんまで立たない。あれはわざと立たないんじゃなくて、作法に気がついていないんだ。電車に乗っているという状況の中で、ばあさんにどうやって席を勧《すす》めていいかの方法が分からない。だから寝たふりをしちゃう。

俺は「電車にシルバーシートがあるのはおかしい」ってよく言う。端《はじ》っこだけ年寄りに席を譲りましょうなんておかしくないか。電車の席は全部シルバーシートのはずだよ。全部が優先席なんだ。当たり前じゃないか。そんな当たり前のことに、若いやつがちょっとでも気づいた時から作法が始まるんじゃないかな。

「恥の文化」はどこへ行ったんだ

日本は「恥の文化」で西洋は「罪の文化」だと書いた本があった。西洋の人には良心というか、神に対する罪の意識みたいなものが根っこにあって、これが日本人だと他人に恥をかかせないとか、他人から恥ずかしいと思われるようなことをしない、要するに「恥」が基準になるというね。そう言われれば、なるほどなって思う。

武士が名誉を傷つけられて果たし合いを申し込んだり、戦争中でも捕虜《ほりょ》になって辱《はずかし》めを受けるぐらいならって兵隊が自決を選んだり、日本人は昔から命がけで自分の体面を気にしてきた。でも今はどうなんだろう。恥の文化が残ってる片一方で、恥だと分かってても開き直るのと、恥を恥と気がつかないやつの二つが新しいタイプで出てきたんじゃないか。

開き直ってるやつは「恥」を知っているだけまだましなのか、それともどうしようもないのか、気がつかないやつは気がつかないままなのか、作法ということを考えたら、どっちにしたって教育が必要になってくる。まあ、センスがないやつに教育してもどうにもならないんだけど。

また電車の話をすると、ガキを連れた親って、どうしてあれだけ子どもを叱《しか》れないかね。子どもが騒いだり食い物で汚したりしても全然怒らない。何なんだろうと思うよ。電車の中で化粧する女も相変わらずいっぱいいる。あれだけテレビやなんかで「みっともないですね」ってさんざん言われてるのに直らない。

前に中年のみっともないおばさんのことを「オバタリアン」と言ったけど、「オバタリアン」が流行語になったら、おばさん連中は「私、オバタリアンだもん」なんて喜んで勘違いしちゃった。醜《みにく》いばばあのくせしやがって。

今の恥知らずなやつもそんなのと同じでね、子どもを叱らない親は「モンスター・ペアレント」、電車で化粧する女は「コスメフリーク」とかって名前がついてメディアで注目されたりする。そうすると教育も何にもあったもんじゃない。注目されてるからいいじゃん、だって。

学習塾を取り締まれ

だけどまあ、教育しなきゃいけないといっても、今の学校教育自体が問題だらけだから困っちゃう。エロ教師がぞろぞろ捕《つか》まっちゃうし。それに、だいたい塾っていうのがおかしい。塾はヤミ教育だもん。

戦時中から終戦直後の食糧配給制の時代、米を配給品以外で買うと「闇米《やみごめ》」といって取り締まりに遭った。今の教育だって一応は小中九年間の義務教育制度があるんだから、学校以外に教育機関をつくったら、それはヤミ教育だろう。塾を取り締まらなきゃおかしいじゃないか。

いや受験のためには塾が必要なんです、塾に行かないといい学校に受からないんですって言うけどさ、受験は国が子どもに与えた教育制度の範囲内でさせないと。もし受験の試験問題が学校で教えてることより難しいんなら、子どもが自分一人で家で勉強すればいい。

学校とは違う塾に特別に行かせて、違う教育を受けさせたら、塾へ行ってない子どもとハンデができちゃう。平等じゃないよ。

子どもには平等に教育を受けさせる義務があるわけだから、受験の時点でハンデがあるのはおかしい。塾で他人よりも早い教育をするなんて、端《はな》からインチキを認めているようなものじゃないか。塾は国が取り締まって学校で教える。それで優秀な子どもが出てきたら、優秀なやつは優秀なやつで先にレベルの高い学校にステップアップさせる。そのほうがいいよ。

だけど今は、下手すると学校より塾のほうが主導権を持ってるもんな。学校の先生がホームルームとかで「あの塾の先生は知り合いなんだ」って言うと、生徒が喜ぶんだって。塾の先生を知ってるなんて偉いって。逆だよ、それじゃ。

公立校なのに塾の先生を呼んできたという学校もあった。何なんだ、いったい。だったらいっそのこと、学校を全廃にして塾だけにしちゃえばいい。そうしたら悪いガキもいなくなる。

群《む》れからはずれられない人たち

じいちゃんばあちゃんと暮らしたり、古い世代の日本人と一緒にいる時間を長く持てれば、ばかなガキでも作法という意味ではうまくいくことが多い。でも今は子どもが年寄りと離れているから、コミュニケーションの仕方からして分からない。そうすると自分にとって都合のいいやつとしか集まらなくなる。ちっちゃい核みたいになっちゃって、都合のいいやつ同士で群《む》れてしまう。

インターネットならSNSっていうやつ？　「ソーシャル・ネットワーキング・システム」か。すごい人気らしくて「新たな人間関係を構築しましょう」とか言ってるけど、要するに趣味とか仕事とか出身地とか、同じ話題だけで集まるネット上の群れでしょう。

俺がネットばっかりやってるやつを信じられないのは、どこにそんな暇があるんだってことでね、チャットでしゃべり合って、しょっちゅうケンカになったりするけれども、相手の教養を少しは考えりゃいいじゃないか。顔が見えない相手とケンカしてどうすんの。ばか同士に決まってるじゃん。

人間は何かのグループに入ってると安心するから、アニメオタクでもないのに秋葉原をうろついたりするやつがいる。秋葉原はオタクの聖地ですって聞いただけで秋葉原に行っちゃう。それはオタク文化に仲間入りすることだけが目的で、自分が何かに情熱を傾《かたむ》けているわけでも何でもない。ニセオタクだよ。

メイド喫茶に行くあんちゃんは、アイドルの追っかけみたいなもんかも分かんないけど、それだって喫茶店に行けば同じような仲間がいるわけでしょ。「また会ったね」とか言われたりして。メイドの女のほうも、別にメイドのコスプレがやりたいわけじゃなく、芸能人的に脚光を浴びるみたいな気分を楽しんで、自分目当ての客とグループになっている。

群れからはずれて泳ぐことを知らないやつらばかりだから、群れていないと不安になる。それでとりあえず、どんな群れでも入りやすいところに入ってしまう。世界じゅう、あらゆるところでそうなっている。

社会的なことを言わせてもらえば、庶民という大多数の人間をいかに扱って、いかにカネを稼ぐかというのが資本家たちの考えていることだ。カネ儲けとは大量の人たちに何かを買わせたり動かすことだからね。買い物もエンターテイメントも、みんなにモバイル一個持たせて全部できるようにしたじゃないか。

子どもの時はキティちゃんを買って、ディズニーランドに行かされて、マクドナルドとケンタッキーを食わされる。携帯を持ったらゲームも音楽もダウンロードする。年寄りだって最後は介護施設から墓まで用意されていて、生まれてから死ぬまでのほとんどを、資本家が上から管理する。

われわれは牛とか山羊《やぎ》じゃないかって感じがするもん。気づかないだけで飼い慣らされている。

俺は、ダメだ、反発しなきゃって思ってる。管理の枠から飛び出して殺されても、そっちのほうが誇り高いんじゃないかと思う時があるもの。自分だけは絶対にディズニーランドに行かないとか、そういうほうが誇り高いような気がするんだけど。

この間大笑いしたのは、じじいのオタク。かつての学生運動を語り合っていて、こいつらまだつるんでるのかと思った。革マルだ京浜《けいひん》安保共闘だって飲み屋で熱ーく話してんの。こいつら社会主義オタクだなって、俺は隣で聞いてておかしかったんだけど、よく見たら俺と同じくらいの歳だった。

知らない世界を知る楽しさ

おばあちゃんが孫に「ごはんを食べる時にはお百姓さんに感謝しましょう」と言い、漫才師の師匠が若手に楽屋で化粧前の片づけを言いつけて、大工の棟梁は見習いに鉋《かんな》のかけ方を教える。そうやって伝統的な技術とか考え方が伝わる中で、若い人は作法を覚える。

それが今の時代は三世代同居が少なくなったし、芸人の楽屋も個室になったということで、環境的に作法を覚えるのが難しいんだとしたら、あとは本人が本を読んで勉強するしかない。ある程度勉強したやつは、年寄りとでもコミュニケーションがとれる。勉強しないで無視していたら、「自分とは関係ない世界だからいいや」で終わってしまうんだ。

自分たちで勝手に関係性を切っちゃうから、よけいに話が合わなくなっている。そこに垣根《かきね》ができてしまう。

でもチャンスさえあれば、話すことはできるからね。年寄りがやっていることを自分には関係ないと拒否するより、「おじさん、何やってるの？」って話をしたほうが面白いに決まってる。

何でもいいけど勉強していて、年寄りのやっていることをちょっとでも知っていれば相手も喜ぶし、話が続いていくはずだ。

「勉強」という言い方が悪いなら、「知識を入れる」と思えばいい。どうせなら生きていくことは楽しいほうがいいんで、それにはいろいろな知識を入れたほうが面白いじゃないか。自分とは違う世界があっていいわけだから。

違う世界を知るためには、本を読んで情報を得るのが早い。別に本だけじゃなくてもかまわないんだけど、とりあえず本がいちばん便利だと思う。だから俺は本屋さんに行くのが好きなの。知識を入れる努力もしないで、自分の生きる世界を狭《せば》めるなんてつまんないよ。

「お茶漬けの素《もと》」と茶道の関係

裏千家家元の千宗室さんと会った時、俺も本を読んで勉強したもんな。それでお茶とかお花とか武家《ぶけ》の礼法とか、日本の伝統的な作法はひとつの哲学や文学になっているということがよく分かった。「茶道」「華道」って「道」がつくぐらいだから、哲学として完成されている。

こっちもちょっと知識を入れてあるんで、家元と話しているとすごい面白いわけ。質問すると、これがまたよく教えてくれること。本を読んでいても知らないことっていっぱいあるわけで、聞いていて「へえ」と思う。茶室の石畳に枯葉を置くこともそうだし、感心したのは永谷園《ながたにえん》の『お茶漬け海苔《のり》』が、ちゃんと茶道の作法に則《のっと》ってできているっていう話。

お茶漬けの素《もと》は、中にちっちゃいあられみたいなのが入ってる。あのあられは、おこげの代わりなんだってね。茶道の茶懐石《かいせき》では最後のほうにおこげが出るんだ。流派によって違うらしいけど、飯椀《わん》、汁椀、向付《むこうづけ》から始まって、酒、煮物、焼物、飯、小吸物《こすいもの》、八寸《はっすん》といただいて、最後の菓子の前に湯斗《ゆとう》が出される。これがお茶漬けで、ごはんを釜で炊いてあるから、おこげになっているわけ。こげ飯にお湯をかけて香《こう》の物と一緒に食べるんだ。

そういう雑学も家元と話をしたから分かったことでね。

「何でお茶漬けの素には、えびせんみたいなあられが入ってるんですか」

「おこげの代わりですよ」

そうなのか、茶道なんだ。永谷園もよく知ってるな。やるじゃねえかって。

家元と話していると、お茶の出し方とか座り方とか、本当にいろいろな作法を教えてくれる。それで会話をするのも作法だということが分かってくる。家元は客を招いてもてなす側にいるから、その位置と自分の位置を測って、こっちはどういう会話をすればいいか考える。その時点で作法だ。

「家元もけっこう遊んでるんじゃないですか。お茶を教えておカネ稼いでさ。家元なんて座っててりゃいいんでしょ」

そんなこと間違っても言ったら怒られちゃう。それは言わない約束で、だから会話は作法なんだ。「家元は頂点にいて、お弟子さんにいっぱい免許を出すけど、弟子はばかばっかりなんでしょう」とか口に出してはいけないの。

作法としての「言わない約束」って本当は難しくて、相手が何を考えてるのか、どういう状態にあるのか、その人に対してこっちに知識がないと、相当失礼なことを言っている場合もある。

「よく家柄がいいっていうだけで、変なやつが社長にさせられる。ばか息子で下から突き上げられるやつがいるじゃない」

と言った相手が本人だったりする。

「家柄だけで社長になって悪かったな」

「いえ、決してあなたのことじゃ……」

「俺以外に社長がどこにいるんだ、このやろう」

作法は一見、簡単な振る舞いなんだけど、その作法を身につけるためには莫大《ばくだい》な知識がいる。その知識を全部持っている人が「粋な人」と呼ばれるわけで、無粋なやつは頭が悪いのではなくて、知識を入れるための容量が少ない。

悪口にだって作法がある

それじゃあ、たけしなんかテレビでさんざん他人《ひと》の悪口言いやがって、お前こそ作法がなってないじゃないかってなりそうだけど、悪口にも作法があってね、俺は妬《ねた》んだり恨《うら》んだりだけの悪口は言わない。

妬み、そねみ、恨み、つらみで他人に文句を言うやつがいる。それがいちばん恥ずかしいことなんだ。俺が芸人として悪口を言う時は、基本的に相手を認めて、自分を被害者にする。

二〇〇八年のベネチア映画祭で、宮崎《みやざき》駿《はやお》監督の悪口を言った。

「何だあのやろう、客が入りやがって」とか、「客は女子どもばっかりじゃないか。おかげで俺の映画には入らない」って悪口なんだ。「宮崎駿ってアザラシみたいな顔してる」とも言ったけど、でも基本的には相手を立ててるんだよ。

俺の『アキレスと亀』は上映会場ですごいスタンディングオベーションだったの。そしたら、宮崎作品の『崖の上のポニョ』のほうがもっと反響があったって。だから

「ちきしょう、あいつに賞をとられたらたいへんだ」って文句言うけど、ちょっと考えたら誉め言葉だと分かるだろう。

　ばかな映画評論家や映画監督は、北野作品が海外で評判だって聞くと、「海外で評価を受けたって関係ない。僕は海外に行く気はない」とか「私は日本語を大事にしたい」なんて情けないコメントを出すんだ。

「海外で賞をとったって屁《へ》みたいなもんですよ」とか言ってるんだけど、じゃあお前はどうなんだ。賞のひとつももらってない。裏ではすごい興味があって、外国の映画祭に行きたくてしょうがないし、評価も受けたいのに、「海外は関係ない」って間抜けなことを言う。

　文句を言うのはいいけれど、もう少しお笑い的にできないものかね。相手を持ち上げて自分を落とす、ぐらいの悪口が言えないから、ばか監督なんだ。

　よくテレビで「ファッションチェック」とかやるじゃない。そのへん歩いてるおねえちゃんを捕まえちゃ、ピーコとかファッション評論家がいろいろ言うやつ。見てて嫌になったもの。

「ＯＬにしては高いバッグですね。全体に似合っていません」だって。「ＯＬなのにあんなバッグ持っちゃって」って、お前のコメントが貧乏くさい。バッグが欲しいだけなんじゃねえか。お前が言うな。単にうらやましいだけのコメントは下品になる。

俺なんかがよく言うのは、男が女連れでいるとして、「何だあのやろう、あんなにいい女を連れてやがって」という悪口。

「あんなやつ、女にもてるわけないのに」

「絶対に女に騙されてるぞ」

「あんな美人、あいつにくっつくわけねえじゃねえか」

全部文句言ってるんだけど、実は女がいい女だって誉めてるわけ。だから男がブスを連れていたら、あんまり言わない。「ブスな女を連れてかわいそう」とは言わないんだ。そういう時は、「あの不細工な女、昔の俺の彼女じゃないか。どうもおかしいと思ったら、あいつとくっついてやがった」っていうフォローがないと。

相手を認めたうえで悪口を言ってあげる。それが悪口の作法じゃないかな。

作法から「品」が出る

相対《あいたい》した時、相手に失礼のないように最低限の作法を知る。その作法にしたがって動くから品が出る。「あの人、品がないよね」と言われるのは、たいてい作法からはずれている人のことだ。

どんな世界にも作法がある。個人個人にとっても、自分なりの作法がある。下町の労働者の作法もあれば、大金持ちの作法もあるだろう。それが社会とのつながりを持つ時、「品格」として表われるんじゃないか。

個人の品格なら、たとえば畳屋とかペンキ屋とか、職人の世界にも職人の品格があって、俺の父ちゃんが言っていたことを思い出す。

「カネになるからって、そんな仕事するかい。ペンキはただ塗ればいいってもんじゃねえんだ。そんな、素人でもできるような仕事を、俺に一緒になってやれって言うのかよ」

近所の工場から吹きつけの仕事を頼まれた時のことだ。大量生産でものをつくる工場で、職人の腕は関係ない。そこらじゅうから集められた労働者が単純な作業を繰り返すだけの仕事だった。

「俺は吹きつけからニス塗りから何でもできる。こんなことをやるために職人になったわけじゃねえよ」

父ちゃんはそう言ってたけど、結局カネがないからその仕事を引き受けることになった。単なる労働者として工場に出かけていった。すごく悔しがりながら。

職人の作法にはずれるようなことはしたくない。その誇りが品格になる。それで品格を壊しにかかるのはカネなんだ。だから銭《ぜに》は悪魔のように汚い。父ちゃんはカネがないから工場に行った。ほとんどの人が銭に負けていくんだ。負けたやつは、「品がない」と烙印《らくいん》を押されてしまう。

俺はずいぶん前から絵を描《か》いているけど、一枚も売ったことはない。「売ってください」と言われても売らないで、あげちゃうんだ。そのほうがいいじゃん。お世話になった人には、メールじゃなくて直筆《じきひつ》でお礼状を出すのがいいように、絵も「これ、自分で描いた絵です」ってあげたほうが絶対にいい。

売るってことは絵に値段がつくわけでしょ。絵がカネと交換されるわけだから、それだけで不浄だと思う。だから俺は「個展をやることになったら貸してね。ちゃんと返すから」って約束だけして絵はあげちゃう。

あげた相手があとで俺の絵を売ろうがどうしようが、それは自分には関係ないんでかまわないけど、もしすごい値段がついたら俺はどうするかな。村上隆《むらかみたかし》さんみたく「一五〇〇万ドルで落札」とか。そしたらこっそり「二〇〇〇円ぐらいちょうだい」って言おうか。ちょっとせこい。

品のいいカネの使い方とは

カネの使い方がうまいやつは品がいい。何をやるにも体力がいるけど、カネの使い方も体力で、両手にカネを持って川を渡ればバランスを崩して落っこちる。だけど川を渡れるだけの体力があるやつは、そのカネの重さを軽く感じることができる。

たとえば金持ちが社会貢献だといってカネを使った。社会的にいいことをした。でも「いいことをした」という気持ちが重荷になったり、「私はいいことをしました」と自慢するようなら、その金持ちは下品で無粋なやつになる。金持ちの作法にはずれたことになる。

外国の大金持ちは「国に税金で持っていかれるよりはましだ」って、じゃんじゃん財産を寄付したり自分で財団をつくったりするけど、日本だと寄付自体に税金がかかるし免税に制限がある。ＮＰＯをつくるにも役所の手続きが複雑で、ボランティア活動やる人はけっこうたいへんらしい。中には本当に社会貢献なのか、よく分かんないボランティアもあるし。

ちょっと前に「ホワイトバンドプロジェクト」ってやってたでしょう。「世界の貧しい人を救おう」とか言って一個三〇〇円の白いバンドを売るやつ。タレントやスポーツ選手がＣＭに出たおかげで、みんな白いバンドしてたじゃない。売上が十何億円もあったそうで、へえすげえな、寄付金はいくらになるのかなって思ってたら、聞くと寄付はしていない。売上は「発展途上国の貧困層を救済しましょう」というキャンペーン活動に使われたんだって。あらまあ。

要するに募金じゃなくて、国民や政府に「世界の貧困とは」って問題提起するのが目的だった。白いバンドの売上はその広告とかに使ったたって言うから、何か変じゃないか。

俺のとこの「二代目そのまんま東」ことゾマホンなんて、自分のカネで学校建てたんだよ。ゾマホンはアフリカのベナンっていう国の出身だけど、一〇年ぐらい前に日本で出した本の印税で、ベナンに小学校と日本語学校を建てたの。

ベナンはアフリカにいっぱいある途上国のひとつで、子どもの教育から食い物から状況的にみんな困ってる。それでゾマホンはずっとボランティアやっていて、今じゃ「ベナン共和国大統領特別顧問」の肩書きまでついちゃった。あまり言いたかないけど、俺もゾマホンと知り合った縁があるからさ、ちょっとは協力してるんだ。

ゾマホンに聞いたら、小学校ができたのはいいとして、問題は昼飯なんだって。給食が一個二五円なんだけど、ほとんどの子どもが買えないんだ。腹減らしてたら勉強どころじゃないからさ、給食がただで出せるように、ベナンで自給自足できないかなと思ったわけ。

それで「花畑《はなばたけ》牧場の生キャラメル」で儲けやがった田中義剛《たなかよしたけ》と話をした。田中義剛は牧場で豚も飼ってるんで、「アフリカで豚とか牛を飼いたいやつを連れてくるから、飼い方を教えてくんない」とお願いしたんだ。そしたら三カ月面倒を見てくれるってことになった。ベナンの若いやつが北海道の「花畑牧場」で養豚《ようとん》の技術を勉強して、国へ帰って自給自足ができるようになればいいなと思う。

じゃあ俺も「花畑牧場」の横に「北野畑牧場」つくって飴《あめ》でも売ろうかな。「北野畑の生キャラメル」って同じやつ。あと「山本モナカ」っていうモナカ。

そんなことはどうでもいいけど、個人でできることがあるのなら、やったほうがいいに決まってる。

経済的に豊かなやつは、自分のためだけに稼ぐんじゃなくて、ちょっとは分けようという気持ちがあっていい。それが下品じゃないカネの使い方のはずだよ。小遣いを月に一万円使えるやつは九〇〇〇円にして、残りの一〇〇〇円を何かに寄付する。そんな感じに世の中が回ればいいなって気がする。

贅沢《ぜいたく》するなとは言わない。じゃんじゃん飲み食いしてもかまわない。だけどたまには寄付もいいじゃないか。変なたとえだけど、みんな神社でお参りする時にお賽銭《さいせん》を入れるでしょ。そのぐらいのつもりでいいから、誰もが同じように動けば、もしかするとアフリカの子どもたちも、たらふく飯が食えるようになるかも分からない。

パンツを穿《は》いたサルが作法を始めた

人間関係では作法が基盤にあって、作法からはずれないように心がけることができれば品格になる。それが気遣いとか、やせがまんとかの立ち居振る舞いに現われた時、今度は粋と呼ばれる。

俺に言わせれば、サルが二足歩行してパンツを穿《は》いた瞬間から、礼儀作法がすべて始まったような気がするんだ。

初めてパンツを穿いたやつは、ウンコをする時に絶対脱いだと思う。それまではパンツを穿いていないから、ウンコも垂《た》れ流しだった。でもパンツを穿いたのだから、おむつみたいに扱うことはなくて、ちゃんと脱いだはずだ。そこに穿く行為、脱ぐ行為というかたちができる。それは作法だと思う。

飯をつくる時に火を使う。できた飯は熱いから手づかみで食えない。そうすると箸《はし》の使い方という作法につながってくる。人間が進化して生きてきた過程で、それまでなかった行為というか、新しい立ち居振る舞いが次々にできてくる。その時には、すでに立ち居振る舞いが作法になっているんだ。

作法は集団の生活と密着したことで、小笠原《おがさわら》流の礼法なんてすごく理屈にかなっている。


〈上座と下座に座っていて、下座の人が立ち上がる時は、上座に対して背を向けるような足の出し方をしてはいけない。背を向けるのは失礼だ。〉

〈刀を構える時は右足が前。左足だと刀で自分の足を斬《き》ってしまう。〉

〈畳の縁《へり》を踏んではいけない。縁《えん》の下にいる敵が、その隙間《すきま》から槍《やり》で突いてくるかもしれないから。〉


ものすごくうるさいんだけど、その一つひとつが武家の礼法として完成されているし、実に科学的なんだ。

襖《ふすま》の開け閉《あしめ》めにもちゃんとした手順があるんだって。最初に襖の正面に座る。で、柱に近いほうの引き手に、引き手に近い手をかける。それから手のひらが入るぐらいに襖を少し開けて、下から三〇センチぐらいのところに手をあてて真ん中まで開ける。最後に反対の手で全部開ける。開けたあとは正座したまんま部屋に入って、向きを変えて襖を閉める。

何でそんな面倒くさい手順を踏むのかといったら、最初にちょっと開けるのは、中にいる人に「今から襖が開きますよ」っていうサインなんだってね。いきなり開けたら相手が驚くから。あと最初に開ける時の手と全開にする時の手が反対になるのは、そのほうが体の構造に合っているからだって。

そういうことは歴史がつくってきたものだよ。

大げさに言えば、何万年もの歴史が作法をつくってきた。だから作法というのは、地球に生きているわれわれと自然の、いちばんいい関係をかたちにしたものなんだと思う。手水場《ちょうずば》で手を清める、鹿《しし》おどしの音を聞く、池に映る月を眺《なが》める、全部が自然と結びつこうとしているでしょう。

そうすると自然破壊は非常に下品な行為だってことが分かる。作法にはずれたことをしているわけだから。森林を伐採《ばっさい》してダムをつくったりするのは下品であって、おかげで鹿やイノシシが山から人里へ下《お》りてきちゃった。

礼儀作法や行儀作法、作法、作法って言うと、テーブルマナーとかお茶のお稽古《けいこ》を連想して、何かすごい文化社会で金持ちがやっている独自のものと思うやつがいる。だけどそれは大きな間違いだ。

作法は自然を守って共存して生きてきた人たちの動きにつながっている。だからわれわれ全員、共通のものなんだ。金持ちだろうが貧乏人だろうが、作法には関係ない。

5

芸

生き方を「芸」にできれば
品はよくなる

芸人は社会の底辺にいる

〈机の脇《わき》の階段を地下に下りていく。
石のステップの縁《へり》が磨《す》り減っていて、何のシミなのか分からないシミが壁全体に浮いているから、いかにも溜《た》まった時間の底に潜《もぐ》っていく感じがする。おまけに何十年も空気の入れ換えがないような湿った臭《にお》いがいやでも取り付いてくる。古い溜まり場特有のすえたような臭いを嗅《か》ぐ度《たび》に、その日限りの芸人の鑑札《かんさつ》を渡される思いがする。
このすえた臭いを数知れない芸人が嗅いできた。大宮《おおみや》デン助もてんや・わんやもWけんじもコント55号もみんな嗅いで売り出していったんだ。そう思うとまんざら悪い気もしないけれど、この俺はいつまで嗅ぎ続けるんだろうか。〉
（ビートたけし『漫才病棟』文藝春秋）

一五年以上も前、「初の自伝的小説」っていうのを出した。若い浅草芸人の話で、主人公のモデルはもちろん俺。引用したのは演芸ホールの楽屋に主人公が入っていくところだけど、楽屋が地下にあるだけに、社会の底辺の感じが漂《ただよ》っていると思う。

俺に言わせれば、やっぱり芸人は社会の底辺にいる存在で、昔から士農工商の下に置かれてきた。お笑い芸人に限ったことじゃないよ。阿国歌舞伎《おくにかぶき》の出雲《いずも》の阿国の時代から、芸事《げいごと》をやるやつはいかがわしいものだったんだ。

よく「芸人は親の死に目に会《あ》えない」という。客が待っているから、親が死んでも涙を隠して舞台に立たなきゃならないって言うけれど、使い方が間違っている。芸人は親が死んでも平気で舞台に立てるぐらい、感情のないやつなんだ。親が死んでも平気で漫才ができて、笑っていられるのが芸人の資質であって、「親の死に目に会えない」じゃなく「親が死んでも自分は大丈夫」なのが芸人だ。

役者なんて嘘ばっかりやっているじゃないか。自分の喜怒哀楽なんか関係ない。嘘で泣けるし、嘘で笑っている。これほどひどいやつはいないよ。殺人犯の顔もできれば、いい人にもなれる。自分の感情とは別のところにある感情で動いている。役者の怖さは、その気になれてしまうことだ。

役者もお笑い芸人も、人並みの感情がない。だから俺は芸人が差別される理由がよく分かる。最近じゃ芸人がアイドルみたいになってるけどね。ただ芸人には芸人の作法があるし、「芸事」は大きな意味で「作法」に通じることでもあるんだ。それがどういうことなのかは、あとまわしにするとして、まず芸人のひどさってものを知ってもらおうか。

「売れない理由」だけはたくさんある

俺が浅草にいた一九七〇年代、日本は高度成長から安定成長の時代に入って、日本人がじゃんじゃん豊かになっていった。でも浅草の芸人はほとんど乞食《こじき》に近かった。カネがないこともあるけど、精神的に乞食だったと思う。

二人組で漫才をやっていて、そのうちに売れないことが分かる。このコンビじゃ売れねえなって現実をいやでも知る。だけど売れない原因を「自分のせいだ」と言ったやつは一人もいない。必ず相方《あいかた》のせいにする。「相棒が悪いんだ」でコンビは解散、の繰り返しだ。

もちろん俺《おい》らみたいに売れちゃうコンビもいるわけだけど、面白いのは売れた理由は誰にも分かんないのに、売れない理由ならいくらでもあること。売れたやつに「どうして売れたんですか」と聞いても答えられない。でも売れないやつに「何で売れないと思う?」と言ったら、理由を一〇〇個ぐらい並べる。相方のせいがいちばんだけど、「師匠がよくなかった」「客がばかなんだ」「時期が合わない」「俺にはチャンスが一回もなかった」「運がない」「世の中が悪い」って、全部他人や社会のせいにする。「俺が悪い」と言えないのは、精神的に貧乏なんだ。

当時の「売れる」という意味は「人に知られてギャラが高くなる」ことで、獅子《しし》てんや・瀬戸《せと》わんやさんが「森進一《もりしんいち》ショー」の前座になったってだけで大ニュースだった。「卵の親じゃ、ぴーよこちゃんじゃ」とか「いーとこはーとこ、いとはとこ」なんてネタで人気歌手の前座をやったら、ワンステージのギャラが二〇万円。俺らなんか二人で一〇〇〇円だったからね。とんでもない金額だったわけ。

ツービートも売れだしてから歌謡ショーの前座をやったよ。札幌《さっぽろ》の「内山《うちやま》田洋《だひろし》とクールファイブショー」。第一部の前座が俺らのお笑いで、二部がクールファイブの歌なんだけど、それまでの歌謡ショーとは様子が違った。もうツービートの人気がすごくて、俺らの漫才が終わったら客がみんな帰っちゃうんだ。メインのクールファイブがステージに出ていっても、客席には誰もいないという。だから興行主が「悪いけど、次のステージでは交替してくれ。クールファイブが先で、ツービートがトリをってくれ」だって。

それで俺らが二部のほうに出ていったら客がワーッとなる。「こんなこともあるんだな」と思った。でも情けないことに俺らのギャラは安かったの。半年前に決めたギャラで、こんなに人気が出るとは誰も思っていなかったから。興行主は喜んでた。「ツービート、お前らだけでよかった。クールファイブなんか呼ばなきゃよかった。そのほうがもっと儲かった」

何言ってんだ。

「クールファイブって五人だと思ったら六人もいやがって。おまけにバンドもいるじゃないか。お前らだったら二人だし、マイク一個でいいもんな」

いい加減にしろ。

ストリッパーとヒモ、その奇妙な関係

とにかくテレビに出て、歌手の前でお笑いをやれるのが浅草芸人のステータスだったから、みんなテレビに出たかった。間違いなくテレビに出たいんだけど、でも出られなくても「まあいいや」ってどこかで諦《あきら》めている。それは浅草という環境が芸人にとってすごい楽だったからだ。

浅草は、漫才を見に来る人たちや飲み屋のオヤジ、芸者、ストリッパーとか、みんなが芸人を支えているっていう気持ちを持っていたわけ。「旦那」と呼ばれる金持ちだけじゃなくて、カネのないやつでも芸人のスポンサーになれた。五〇〇円でもおごってやればスポンサーでしょ。浅草全体が互助会《ごじょかい》みたいになってる。

俺もよくおごってもらったもの。煮込み屋に顔を出すと、店のオヤジが「おい、たけしが来てるから誰か一杯飲ましてやって」なんて平気で言う。そうすると他の客が「おう、飲めよ」っておごってくれる。腹が減ったら先輩芸人に「兄《あに》さん、何か食わして」とたかったり、カネがなくてもどうにかなっちゃう。

そんなのが当たり前だからさ、芸人は居心地がいいんだ。「浅草なんて、こんなとこ嫌だ」とは思わない。みんな浅草で死んでいける。浅草芸人で売れなくても心残りはないの。だから売れないいんだけどね。

ストリップ劇場だったら、踊り子は当然のごとく芸人を食わせるもんだと思っていた。別にヒモにならなくても、ストリップの姐《ねえ》さんたちが出前をとる時、芸人の分も一緒にとってくれたりする。中には芸人とくっつこうとする女もいて、俺に「飲みに行こうよ」とか「あたしん家《ち》から仕事に通ってもいいよ」とか誘うんだ。危なそうだから行かなかったけど。相棒のキヨシさんなんか、俺と違って誘われたらすぐ行く。あいつはオカマの家まで行っちゃった。

田舎から出てきてストリッパーになった女の子は、コメディアンと一緒になるのが当たり前だと思ってるから、色目を使ってたいへんなんだ。それで、そういう子は寂しくてしょうがないの。男の客に裸を見せて踊るなんて、そばに好きな男がいなかったらやってられない。だからみんな男を求めるわけ。

男とくっついては捨てられて、ずーっと深みにはまっていく。そういう女を何人も持っているヒモが、浅草にはいっぱいいた。ヒモは最初、喫茶店のおねえちゃんみたいな普通の堅気《かたぎ》の女と仲よくなるんだけど、自分の生活が苦しくなって、おねえちゃんに「ストリッパーになってくれ」と頼むんだ。

ずいぶん変なのいたもん。学校の先生と教え子の組合せとか。先生が教え子に手をつけて二人で駆け落ちするんだけど、そのうち生活できなくなって、教え子がストリッパーになった。学校の先生がヒモだよ。楽屋でヒモがストリッパーに数学を教えてるんだ。わけ分かんない。

どこもかしこも掃《は》き溜《だ》めだった

浅草に限ったことじゃない。どうしようもない芸人はいっぱいいた。もう掃《は》き溜《だ》めだね。名古屋の大須《おおす》演芸場で「坊主漫談《ぼうず》」というのがあって、坊主の格好をしたやつが木魚《もくぎょ》をポクポク叩きながら出てくる。袈裟《けさ》を着て、頭は坊主のカツラでね。

それで木魚を叩いて、おもむろに言うんだ。

「浮き世を忘れた私でさえも、木魚の割れ目で思い出す」

俺は倒れた。思い出すって何をだ。

「割れ目で思い出す。いいもんですぜ、セックスは」

昼間の舞台で客はおばあさんばっかりなんだけど、ばあさんたちも「ばかやろう」って怒ってる。

それで坊主漫談の芸人は、出番が終わると楽屋で麻雀を始める。麻雀が好きで好きでしょうがないんだ。だけど弱くて、そのうち一銭もなくなっちゃう。

「カネ貸してよ」

「やだよ。カネがないならもうやるな」

なんて言われるから、カネの代わりになるものを持ってきた。

「じゃあ分かった、このカツラと袈裟をカタに勝負だ」

そしたらまた負けちゃった。

舞台衣装がなくなった。でも次の出番がある。しょうがないんで坊主漫談のやつは、そのへんに置いてあったアメリカンフットボールのトレーナーを着て舞台に出ていっちゃった。それ、他人《ひと》のだろ。頭は坊主じゃないし、袈裟じゃなくてアメフトだし、なのに木魚叩いて「浮き世忘れた私でさえも」。また「ばかやろう」って怒られた。

演芸場の支配人も怒鳴ったって。

「お前は坊主漫談じゃなかったのか」

「すいません、坊主の道具をとられちゃいました」

「そんな芸人がどこにいるんだ」

すいません、すいませんってペコペコ謝《あやま》って、ちょっとは反省したかなと思ってたら、名古屋の味噌煮込みうどん屋のおばさんに夜這《よば》いをかけて警察に捕まってる。どうにもならないやつだった。

それから大須演芸場の先に鶴舞《つるまい》劇場っていうストリップがあった。そこにSM本番ショーをやる夫婦が出るはずだったんだけど、間違えて演芸場のほうに来ちゃった。道を間違えたから遅くなってて、急いで演芸場に入ったら支配人が待っている。

「何やってんだ、遅いじゃないか」

「すいません、遅れまして」

「遅れましてじゃないよ、早くやれ」

「分かりました、このテープをかけてください」

「これ、かけんの？」

音楽が始まると、その夫婦がＳＭの格好してムチを叩いたり踊ったりする。でも客は演芸場に来ているわけだから、お笑いだと思ってる。

「何だ、こいつら」

「ムチ持ってる」

「踊ってるぞ」

大爆笑なんだけど、そのうち女のほうが脱ぎだして、夫婦でセックスを始めちゃった。

「おい、違うぞ」

「お笑いじゃないだろ、これ」

普通の寄席で白黒ショーをやってしまった。夫婦も気がついて「間違えました」って帰っていったって。あー、ばかばかしい。

お笑い芸人の作法とは

お笑いの作法ということを考えると、やっぱり客を絶対に笑わせる。それに尽きるんじゃないかと思う。逆に言えば、お客が笑ってくれた瞬間に「ただでもいいです。だって、これだけうけたんだから」というぐらいの品格がないと、芸人の作法にはならない。

芸人には二つのタイプがあって、桂歌丸《かつらうたまる》師匠みたいに「笑っていただくんです。お客様が笑わないとどうにもならない」というのと、はっきりと「笑わせるんだ。笑われるのは大嫌いだ」と断言するのがある。深見千三郎師匠は「笑われるんじゃない、笑わせるんだ」といつも言っていた。

「外を歩いてて笑われたら腹が立つよ。芸をやってる時だよ、笑われるのは。だから芸人してるんだ」

そんな言い方だけど、俺は好きだったね。

だけど「笑わせる」ためならどんなことをしてもいいってわけじゃない。そこが作法で、前に「カネが品格を壊しにかかる」と言ったけど、そんなにまでしてカネが欲しいのかっていうのと同じように、そんなにまでして笑わせたいかと思わせる下品な芸もある。

昔、先輩の芸人が歌謡ショーの前座をやっていた。俺はその近くの演芸場に出ていて、ちょっと早めに終わったから先輩を訪ねていったの。

「おう、たけし。どうだった、お前の舞台」

「全然うけませんでした」

「お前ね、うけないって言ったって漫才なんだろ。笑わせようって根性がなきゃダメだよ」

すごい説教くらって、根性論になっちゃった。

「お客が笑わなかったら、笑わせてやるっていうぐらいの根性持て」

「そうですか、じゃあ頑張ります」

それで先輩は「ああ、俺もう出番だ」と出ていった。俺も先輩の舞台を見せてもらおうと客席のほうに向かっていったら、ワーワー笑い声が聞こえてくる。「やっぱり兄《あに》さんはうけるんだ」と思って舞台を見ると、鼻からタバコを吸っていた。

それは芸じゃないだろう。正直、俺は鼻からタバコを吸ってまで笑いをとりたくねえやって思った。嫌だ、そんなの。

芸人には自分の身体的欠陥とかを売り物にするやつもいる。わざと吃音症《きつおんしょう》を演じたり、見た目やしゃべり方で笑わすやつがいるけど、それはよくない。下品だと思う。お笑いはあくまでネタで勝負しなきゃいけない。

「そんなにまでして笑わせたいか」は「そんなにまでして笑わせて、なおかつカネが欲しいのか」ということでしょ。だからお笑い芸人が下品なことをやると、下品さが二段重ねになっちゃうんだ。

テレビと映画の間で作法を考える

俺の場合、テレビと映画を較べたら、正直言って映画のほうが好きだ。テレビは大して好きでもないのにギャラが出る。だから「仕事」なんだという意識がある。俺は映画の撮影なんかで家を出る時、「映画に行く」とは言うけれど、「仕事に行く」と言ったことはない。「明日から仕事だよ」と言ったらテレビの話だ。映画は仕事ではなくて、映画への反響がすべてなんだという思いがある。おカネを稼ごうとはあまり意識していない。

ただ最近は、テレビの仕事だといっても、別にカネのためにやってないなあ。「くだらない」と言われることが大好きになってきちゃった。「たけし、ばかばかしいことしているね」「はい、ありがとうございます」というような感じ。

うちのかみさんなんて、「あんた、もう三〇年もやっているけど、今がいちばん売れてない?」だって。失礼なことを言うな。何が今いちばん売れてるだ。

たしかにね、CMに出てるしテレビのレギュラーも多いから、忙しいことは忙しいんだ。でもそれが嫌でもない。ありがたいこった。俺は勝手に「第四黄金期」って言ってる。

普通ならリタイアする歳で、そろそろ仕事を減らしてのんびりしたくなる。だけど俺は逆で、じゃんじゃん仕事を入れる。それでスポーツカーまで買っちゃった。ブンブンすっ飛ばして、「速《はえ》え、速え」と喜んでる。ただ車庫入れができないから、運転手を呼んで「入れろ」って頼むの。俺が「はいバック、バック」って言うんだけど、これはちょっとかっこ悪いなと思って。

それで俺なりに映画の作法について言うと、俺は目だけとか過度のアップは一回も使ったことがない。これは大島渚《おおしまなぎさ》さんに教わったことだけど、アップを多用するやつにいい監督は一人もいない。逆に言えば、引きでいい絵を撮れるやつがうまい監督なんだ。

あと、役者で「その役をやっていることに喜んでしまう人」がいる。役をやっている自分が好きな人。役に入り込んじゃって、それが役者として優れていると勘違いしちゃう。そういう役者は得てして演技が過剰になる。

俺は「役をやっている自分が好きな人」を撮っているわけではなくて、俺が好きな感じに撮りたい。だから過度の演技はあまりやらせないし、そういうのは下品だと思ってる。まして喜怒哀楽とか、食ったり飲んだりとか、人間の感情や本能をそのまま商売にするやつは、いちばん下品だ。だから何度も言うけど芸人って下品だと思うんだよ。

悲しいことを売り物にして、悲しい演技で客を泣かすのは下品なやつだし、笑わせても下品。暴力もそう。感情とか欲とか本能を丸出しにして、それを生業《なりわい》とするのは下品な商売なんだ。だから作法としては、そういうことを分かったうえで映画を撮るべきであって、過剰な演技、過度の演出で「さあどうだ、この映画は」とやるやつは相当下品だと思う。

伝説的な役者がいた

役者の話をもう少しさせてもらおうか。役者が歳をとると、「枯れた演技がいいですね」「円熟の味わい」とか言われて、その気になる人がいる。でも俺からすれば、それはよくないことだと思うんだね。歳をとったら歳をとったなりの演技をするのは、自然のようでいて実は間違っている。

俺がこの歳で役者だったら、ヤクザの親分か凶悪犯をやりたい。人がよくて穏《おだ》やかで、朴訥《ぼくとつ》で愛情豊かな老人なんてのはやりたくない。だって生きることへの執念がないもの。芝居だから仕方ない面もあるけど、普通の生き方としたら「枯れた演技」はそのまま死んでいくだけじゃないか。だから俺はリタイアしたじじい役はやりたくないの。その代わり、詐欺師とか殺人犯なら喜んでやる。

前に藤原釜足《ふじわらかまたり》さんと一緒になったことがある。黒澤作品でも常連の名脇役だけど、その時はもう高齢になっていて、役もよれよれの老人だった。で、藤原さんの演技を見てたら、足どりはおぼつかないし、ずっと下向いてる。俺の横で共演のやつが感心していた。

「いやあ、藤原さんはうまいなあ。いい年寄りを演じるよなあ」

そしたら「はい、カット」で、藤原さんはそのままマネージャーに抱えられて帰っていっちゃったというね。いい年寄りを「演じる」じゃなくて本物だった。そして藤原さんが立っていた足元を見たら、台詞《せりふ》がものすごいでっかい字で書いてある。カンニングペーパーなんだけど、俺はフロアの柄かと思ったもの。格子柄だと思ったらカンペの文字だった。

役者の面白い話はきりがなくてね、『丹下左膳《たんげさぜん》』シリーズで有名な大友柳太朗《おおともりゅうたろう》さんも伝説になるぐらいの笑えるネタがある。

港町で大友さんがロケをやってたら、近所の見物人が写真を撮ろうとしていた。それに気づいた大友さんが怒って言ったたって。

「何やっているんだ」

「いや、写真を一枚」

「こんなところで写真を撮るばかがどこにいる」

ものすごい勢いで怒って、見物人のほうも恐縮しちゃう。そしたら大友さんが続けざまに言った。

「海をバックにしなさい」

港町なんだから、自分を撮るなら海をバックにしろと海のほうに連れて行った。それで丹下左膳なのに両目開いて、おまけに両腕を出してポーズを決めてくれたって。知ってると思うけど丹下左膳は時代劇のヒーローで、右目と右腕を失っているっていう設定だ。その丹下左膳をやってる大友さんが手を出して目を開いている。この写真はまずいでしょ。

笑う忠臣蔵って？

亡くなった緒形拳《おがたけん》さんも面白かったな。スペシャルドラマの『忠臣蔵』で共演して、俺が大石内蔵助《おおいしくらのすけ》、緒形さんは大野九郎兵衛《おおのくろべえ》の役だった。「いぶし銀」なんて言われる緒形さんだけど、けっこう冗談が好きな人で、芝居の最中なのに笑わせるんだ。

俺と緒形さんが向かい合っていて会話をするシーンがあった。画面には首から上ぐらいしか映らないシーンでさ、それをいいことに、お互いがカンペを相手の腹に載せてしゃべったの。だから俺の台詞は緒形さんの腹の上で、緒形さんの台詞が俺の腹に貼ってある。

それで俺がしゃべりはじめると、緒形さんが「いや、それは」とか言いながら、わざと体を動かしちゃうんだ。上半身を捻《ひね》ったり前傾《ぜんけい》したりするもんで、俺は台詞が見えなくなる。

「すいません。緒形さん、動かないでくださいよ」

「えっ？」

「台詞が見えないんで」

「そのぐらい覚えなさい」

「いや、覚えたいけど忙しくって」

「プロは台詞を覚えてくるものだ」

何言ってやがるんだ。自分だって俺の腹にカンペつけさせてるじゃないか。だから俺も逆襲したの。腹の上に両手を持ってきてね、緒形さんの台詞を隠してやろうと考えたんだ。

そこからが笑える話で、もう本番が始まってる。緒形さんが台詞を言いかけたところで俺はサッと手を組んだ。

「内蔵助殿が……。しかし、手を前に組むのは許さん!」

芝居しながら俺に怒ってるって。俺が動くたびに「内蔵助殿、前屈《まえかが》みになるな」「横を向いてはいかん」って言う。ディレクターが驚いて「カット、台詞が違います」。分かってるよ。

おかしくておかしくてしょうがなかった。だけどやっぱり一枚上手だね。俺は「緒形さん、ちょっと動かないでよ」と芝居をやめて言うけど、緒形さんは芝居しながら俺に注意するんだもん。

スターの資質、スターを生む時代

役者としての緒形拳さんを客観的に見たら、「最高の脇《わき》ではあるけれど、スターではない」というのが俺の評価だ。野球で言えば長嶋茂雄さんではない。古いけど榎本《えのもと》喜八《きはち》とか、安打製造機で打率一位みたいな選手に近いと思う。

安打製造機はバッティングの技術が優れていて、結果も残している。だけど長嶋さんほどの華《はな》はない。長嶋さんは野球がうまいんだか下手なんだか、そんなことは関係ない位置にいる。圧倒的な華があるから、ファンにとっては野球の技術なんてどうでもいいんだ。

緒形さんについてみんなが言うのは、「芝居がうまい」とか「ものすごく多芸である」とか「どんな役でもこなす力量がある」ということでしょう。だけど、石原裕次《いしはらゆうじ》郎《ろう》さんのことを「芝居がうまい」と言ったやつは誰もいない。裕次郎さんは天然ものだからね。

「石原裕次郎の、あの時の演技はうまかった」とは言わないし、だいいち誰も演技を求めてはいない。だからスターなんだ。スターというのは、一般のやつが習う技術なんかとは無縁のところにいる人だ。

美空ひばりさんに「歌がうまい」と言ったやつはいない。端《はな》からうまいんだから。「ひばりちゃんの歌はいいね、好きだな」と言うだけだ。緒形さんをおとしめるつもりはないけれど、「スター」と「脇」にはそれぐらいの差がある。脇はスターにはなれないというか、脇とスターでは種《しゅ》が違うんだと思う。

スターにはスターが生まれる時代というものがあって、言い方を換えれば時代がその時代のスターを生む。陸上の一〇〇メートルなら、今の九秒六九っていう世界記録を持ってるのはジャマイカのウサイン・ボルトでしょう。北京《ペキン》オリンピックで出したやつ（校注・ボルトはその後、二〇〇九年八月に九秒五八を記録した）。それでオリンピックの一〇〇メートルというと、ベルリンオリンピックのジェシー・オーエンスが今でも語りぐさになっている。オーエンスはアメリカ代表の黒人選手だった。

ベルリンオリンピックは一九三六年だから、もう七〇年以上も前の話で、ヒトラーが政治的宣伝に利用したとかいろいろ言われてるけど、あの時ジェシー・オーエンスは一〇〇メートルと二〇〇メートル、それにリレーと走り幅跳びで全部金メダルをとった。そのすぐあとだったかな、シカゴの大会で一〇〇メートル一〇秒二〇の世界記録を出して、二〇年間破られなかったっていう。

九秒六九と一〇秒二〇じゃ、世界レベルの陸上だと話にならないほどの開きがある。だけどボルトとオーエンスっていう二人の黒人選手を、人に与えるインパクトのすごさという点で見たら、ジェシー・オーエンスのほうがずっと上かも分からない。華があってスターなんだ。

ただ、一〇〇メートルの記録としてはボルトのほうが上なのはたしかだから、この二人をアスリートとして比較することは無意味だ。よく、かつての人間と今の人間を比較したがるけど、意味はないと思う。

昔の人のことを持ち出して「もうこんな人は出ない」って言う。それはそうだよ。その時代に、そいつしかいなかったんだから。ぺーぺーの芸人が下手な芸をやっても「もうこんな芸人は出ない」んだよ。

かつての時代を美化するからなのか、「あの時はものすごい人がいた」というような言い方をする。でも、そんなことはない。その人が生きていた時代があって、その時代が今はもうないだけの話なんだから。時代がなくなれば、その人はいなくなる。だから時代を超えて比較するのはよくないんだ。時代を超えて残るのは、華のあるスターがいたという記憶だけだ。

「名人」に触れないで作法が身につくのか

芸人に話を戻すと、繰り返しになるけど今は養成学校出身の芸人が多い。師匠について修行《しゅぎょう》するという経験がない。何て言うんだろう、職人だったら大工さんの学校を出て、いきなり棟梁になったみたいな感じがあるから、俺《おい》らとは何かが違うんだ。学校で技術は習ったんだろうけど、年寄りの棟梁に鍛えられたわけじゃないんで、鉋《かんな》をかけさせても、どこかかけ方が違うというかね。名人の肌に触れていないし、名人を見たことがない。そうすると、芸人の世界にずっとある芸人の作法が身についていなくて、本人に悪気がなくても失礼なことをしてしまったりする。品のなさが立ち居振る舞いに出てしまう。

古いのかも分からないけど、やっぱり修行を積むのに越したことはないと思う。年寄りの師匠について、兄弟子もいて、ばかだの何だの言われながら修行したほうが、縦の人間関係の中で鍛えられるぶん作法を覚える。

最近、レストランやってる若いやつでおかしいのがいる。「修行なんかしたってしょうがない。僕は独創的な料理をつくる」とか言って「創作料理の店」を開いてるんだ。創作なんだから自分だけでやる、師匠はいらない、修行するだけ無駄だって言う。ばかなこと言ってんじゃないよ。「創作」の意味を完全に間違えてる。

日本には「創作料理」の店がいっぱいあるけどさ、普通はどこかの料理屋とかで長年下働きしてたやつが独立して、それで自分なりの味をつくりたいから「創作」って看板出すんだ。料理の基礎から何から教え込まれて、それなりの修行を積んでいる。そのうえでのオリジナリティーが「創作」なの。

だいたい基礎ができてないやつに「独創性」なんてあるわけないじゃないか。おまけに「無国籍創作料理」だって。何だそれは。お前の料理なんか食いたかねえ。ちゃんと修行してからやれっていうの。

商品としてのお笑いが変質した

若い芸人が修行していないのは、修行できる場所が少なくなったという現実のせいでもある。東京のお笑いだと、浅草に東洋館《とうようかん》と演芸ホールがあるけど、それだけだしね。落語協会か東京演芸協会のどっちかに入らないと、寄席《よせ》に色物《いろもの》で出してもらう機会がないんだ。

そうすると若手は、小劇場なんかでライブをやって、いつかテレビのプロデューサーの目にとまらないかなあ、なんて夢見てる。

昔と今とで芸人の環境が違う。それは仕方ないことなんだけれど、環境が違えば芸の腕も違ってくる。俺らのころは今と比較にならないくらい漫才の腕が上がった。何でかっていうと、俺らは月に二〇日以上は寄席に出ていたからね。それも一日、昼夜の二回で一回が二〇分。

今は漫才でも一回が三分とか二分でしょ。下手すると三分ももたないで、初めの二〇秒で終わってしまうようなギャグをやっている。腕が違っちゃうのも当たり前だ。

ただ、さっき言ったように、時代を超えて比較してもしょうがない。お笑いという商品自体の質とか中味が、昔と今では変わったんだと思う。

お笑いが牛丼だとしたら、俺らのは浅草の大衆食堂で出す牛丼。変なオヤジがやってて、カツ丼、親子丼、たまにラーメンなんかと一緒にメニューに並んでる牛丼だね。食堂だから注文してから出てくるまで時間がかかる。それで、今のお笑いは吉野《よしの》家《や》の牛丼。「並一丁」とか言ってすぐ出てくる。

そういう「吉野家タレント」と「浅草大衆食堂タレント」の違いがあるかも分からない。じゃあどっちがうまいんだってことになるけど、これが一概には決められない。「安い、早い、うまい」と言うぐらいで、吉野家タレントのほうが面白い時があるからね。漫才を見てもうまい時がある。古くてベテランだからうまいとは限らないんだ。いつまでたっても下手な漫才も実際にあるしね。

でも今の芸人が、長くはもたないだろうってことは言えるんじゃないか。テレビのおかげで芸人もジャニーズ系のタレント的になっちゃって、使い捨てだから。若手の芸人の人気って、それを見ているファンの女の子とパッケージだもの。歳をとれば芸人もファンも、両方ともいなくなっちゃう。それでまた新しい女の子たちの前に、違う新しい芸人が出てくるというようなシステムができあがってしまった。一度できたシステムは、なかなか変えられない。

作法とは——相手を喜ばせること

それでまあ、役者とか芸人とか、テレビや映画とか、芸の世界について言いたい放題言わせてもらったのは、「芸事」は広い意味での「作法」に通じると思っているからなんだ。

俺が何度も言ってる作法とは、突き詰めると「相手を喜ばせること」なの。相手を傷つけない、相手を嫌な気分にさせない、相手を立てる。そのために気を使う。気遣いは押しつけない。できれば気を使っていることを、相手に分からせないぐらい気を使う。それで結果として相手を喜ばせればいい。逆に相手が怒ったら、作法にはずれていることになる。

相手を喜ばせて、いい思いをさせるってことは、実は芸事であってお笑いの世界なんだ。落語家さんが旦那のことをヨイショして、気持ちよくさせて小遣いをもらっている。それが大勢の客前ならギャラをもらう芸になる。

そうすると、芸人のくせして作法がなっていないやつは、要するに芸がないわけ。相手を喜ばせる才能がないんだ。「何だ、こいつ。挨拶もできないで失礼な」と言われちゃう芸人は、舞台に出ても誰一人笑わせることができないことになる。客をみんな笑わせようと言うのなら、誰に対してもいい思いをさせなきゃならない。

芸のある芸人は、演芸場だったら下足の揃え方から楽屋の入り方、化粧前の片づけ方、全部ちゃんとしていて、挨拶もできる。作法にはずれていないから、まわりの人はいい気持ちになる。それにそういう芸人は、必ずと言っていいぐらい腰が低いしね。誰にでも頭を下げて「どうも」「すいません」って言える。

演芸場から外へ出れば普通の通行人になるけど、相手を心地よくするということはどこでも同じだから、路上でも電車の中でも作法ができる。席を立つのも当たり前だし、年寄りの手を引いて横断歩道を渡る。食い物屋に入ったら汚い食い方をしないとか、でかい声を出して騒がない。

だから芸人の資質は作法ができるかどうかで決まってくる。作法がまともじゃないやつは出世できない。

自分の生き方を「芸」にしろ

たまに、あえて逆をやれちゃう人もいるけどね。わざと作法に反して、豪快なことをする。でもそれはちゃんと作法ができていて、なおかつ出世する人なんだ。

食い物屋で、飯でも酒でも「店にあるもの、いいから全部持ってこい」とか言ってる芸人のオヤジがいたとしようか。「みんなにおごってやる」とか言われたら、普通は下品だなと感じる。だけど、「あの人がそう言うんなら、それもいいかな」と思わせる人がいるんだね。

それは本当は「すれすれの作法」で、オヤジが「あの客に俺の酒を飲ませてやってくれよ」と言った時に、相手が「ばかにするな、このやろう」と思ったら芸が下手だってことになる。そうじゃなくて「ごちそうになります。いい人だな」と思わせることができたら、芸人としては勝ちだ。

「あそこの店で会ったオヤジ、土方《どかた》みたいだったけど面白かったな。芸人だっていうじゃないか。ああいうのがけっこう大物になるんだぜ」

そう言わせることができる芸人には、師匠さんになれる器《うつわ》がある。

じゃあ同じことを、今にも潰《つぶ》れそうな会社の社長がやったとすると、「どうせやけっぱちだよ、あいつ」なんて言われちゃう。もうみんなにばれている。

「景気よさそうなことやってると思ったら、株がすっ飛んじゃってさ。やけくそなんじゃないか」

まわりは「やけっぱちになって、ばかだなあ」と笑い、「あの社長にごちそうになっちゃかわいそうだ」と同情し、しまいには「あんなやつにおごられたくない」と不愉快になる。

芸人のオヤジと同じことをやってるのに扱いが違う。そこに芸のあるなしが意味を持つんだ。

だから「芸事」といっても芸人の専売特許のわけではない。芸の世界とは無関係であっても、一般人が「芸事なんて自分とは違う世界のものだ」と思うのは大きな間違いだ。一般人も「芸」を持たなきゃダメなんだ。芸は身を助くじゃないけれど、社会生活を送るうえでの芸を、それぞれが持たなければいけないと俺は思う。

いろんな仕事の人がいて、いろんな性格がある。一人ひとりの生活がある。自分の生き方は自分だけのものだ。自分の生き方そのものを「芸」にすることができれば、その時点で作法はちゃんとできている。品がよくなって粋な人になれる。

インド人もビックリの誕生日プレゼント

関係ないけど、俺に気を使ってくれる人がいた。俺の誕生日だったかな、プレゼントだってスカーフをくれたんだ。

それがカシミアよりも上等なやつらしくて、インドだかヒマラヤの山の上のほうにいる山羊《やぎ》からしか採《と》れない。パシュミナっていうのかな、伝統的な毛織物で値段も高いんだって。さりげなくくれたんでね、もらった時は「ああ、どうも」って感じだったんだけど、そのあとでファッションに詳しい人と食事をすることになったから、スカーフを見せてみたわけ。

「これ、もらったんだ」

「へえ、これは高級品ですよ。すごいもんです」

そうか、やっぱりフワフワしてるし上等なスカーフなんだな、こんな高いものをさりげなくくれるなんて作法ができてるな、これも芸のひとつだと思った。

それで食事の席にはなぜかインド人がいてね、聞いたら俺がもらったスカーフみたいな織物を日本に売りに来ている人だった。要するに専門家なわけ。そのインド人が「ちょっと貸してください」と言うんでスカーフを渡したら、指輪をとりだしてスカーフを輪の中に通そうとするんだ。

スーッと通して、途中で引っかかった。そしたらインド人が「指輪に通らないから、このスカーフは偽物《にせもの》です」って言う。

「本物はこれです」

何かカバンから俺のと似たようなスカーフを出してきて、また指輪の中にスーッと入れたら、あら不思議、インド人のスカーフは指輪をすり抜けちゃったの。

「たけしさんがもらったのは、五〇％ぐらいですね。本物の繊維は」

指輪を通るか通らないか、本物と偽物は摩擦で分かっちゃうらしい。たしかに本物のほうはもっとすべすべしてるし、温《あった》かいの。

何だよ、偽物だったじゃないかって。ばれたら芸になんない。

政治家にも「芸」が必要だ

日本の政治家も芸がない。政治家だって芸を持たなきゃいけないのに、ばか芸人ばっかりだ。

覚悟さえ決めれば歴史に残るようなことはいくらでもできるじゃないか。舞台はいっぱい用意されているんだから、あとは芸人としての政治家がどんな芸で客を喜ばせるかだけなんだけどな。

たしかに日本の政治って、明治以降は革命でできたものだし、それ以前は武家か天皇の独裁でしょ。明治天皇を担《かつ》ぎだした長州《ちょうしゅう》とかの政治家は革命家だもの。だから日本の長い歴史では、独裁者と革命家の政治しかなかったわけで、国民をうならせるだけの芸ができる政治家がいたのかと思う。

それでもだよ、暗殺されてもかまわないから日米安保を破棄《はき》するとか、安保条約は認めるけどアメリカ軍には沖縄から出ていってもらうとか、大見得を切る舞台はあるはずなんだ。でもやらない。やれない。舞台が用意されてるのに芸ができないのは貧乏芸人でしかない。芸が下手くそで出世できないやつだ。日本の政治家にスターはいないと思う。

また長嶋さんの話をすると、長嶋茂雄のすごさっていうのは、プロ野球の真剣勝負でいかさまをやれちゃうところだ。いかさまと言っても八百長じゃない。観客を喜ばせるために、わざとエラーするんだ。サードを守っていて、わざとトンネルするの。ジャイアンツが完全に勝っている試合で、九回表ツーアウト、ランナーなし。スコアは九対〇ぐらいの大楽勝、ノーヒットノーランとかの記録もかかっていない。あとはバッターをアウトにして試合終了って場面で、相手がサードゴロを打ったら長嶋さんがトンネルしちゃった。エラーするような打球でもないのに。

でもそれを見てた野球場のファンは、ワーッて大歓声をあげた。長嶋がエラーしたぞって。

長嶋さんは分かっててやっている。ここで自分がエラーをしたらお客さんが喜ぶ。緊張感のなくなった試合でも、最後まで見ていてくれたお客さんのためにエラーしちゃおうって。横でショートの広岡《ひろおか》さんが「またやってるよ、この人」って、嫌ーな顔してる。

昔、ボクシングのジョー・メデルっていうメキシコの選手も、強いのにわざと倒れたふりをした。リングサイドの客がワーッとなった。それが芸だよ。お客を沸《わ》かせて、なおかつ実力のあるやつの勝ちなんだ。

それで日本の政治家だけど、俺だったら北朝鮮というすごいステージで大見得を切るけどね。単独でも北朝鮮へ密航を謀《はか》る。逮捕されてもいいから「拉致《らち》被害者を返せ」って叫ぶ。

小泉《こいずみ》さんは総理の時やったじゃないか。今は引退宣言なんかしちゃったけど、あの当時の小泉の威力ってものを見せつけた。

小泉純一郎《じゅんいちろう》という政治家は、よく言われるように劇場型で、タレントとしての自分がどう動くべきかよく知っている。貴乃花《たかのはな》が夏場所で優勝した時なんか「感動したっ！」のひと言で観客を惹《ひ》きつけちゃった。日本の国民を客としたら、芸人としての政治家がどういうパフォーマンスをすればうけるのか、自分のことを分かって動いていた。

結果的にはそのパフォーマンスだけで、こんな時代にしやがったって。格差は広がるし不景気だし、郵政民営化は何だったんだってみんな思うけど、でもその当時は国民が熱狂したわけだもの。

小泉さんの芸を日本国民が喜んだ。だったら喜ばせつづけてほしいよ。芸なんだからさ。

そこに、心意気があった

下町の煮込み屋で、店のオヤジと酔っぱらった客が言い合っている。

「この酔っぱらい、とっとと帰れよ、ばかやろう」

「何か食いてえ」

「もういいよ、食わなくたって」

「あと一杯だけ」

「本当にこれで最後にしろよ」

オヤジは客の懐《ふところ》具合がだいたい分かっているようだ。

「やっぱり何か食いてえ」

「分かった分かった。このエイひれもつけちゃえ。いいよ、もういい。一〇〇〇円だけ払っとけ」

あとはカネをとらないって客に言う。そうすると客は、一〇〇〇円でおまけしてくれたと感謝するし、これ以上食ったり飲んじゃまずいよなと思う。その心意気がいい。オヤジと客の作法がそれぞれにできている。

そういう社会がせっかくあったのに、今の「一〇〇年に一度の経済危機」って何なんだ。証券会社の破綻《はたん》とか、サブプライム・ローンのいんちきさってメチャクチャじゃないか（校注・二〇〇八年九月のリーマン・ショックをきっかけに、世界的な経済危機が発生した）。

貧乏人を騙《だま》して家を買わせて、担保《たんぽ》がないからおかしな証券つくってばらまいて、しまいに自分の会社が破綻するとなったら、社長は三〇〇億円とかの退職金をもらってさっさと逃げちゃった。普通は迷惑をかけた客にカネを返すだろう。貧乏人からカネを吸い上げて、上のほうにいるやつだけ持ち逃げするなんて信じらんないよ。

世界的に株が大暴落した時、次は値上がりすると踏んだやつが「全財産はたいてでも買いだ」と言っていた。

そうか、じゃあ俺も買おうかな……なんて言ったら下品きわまりないことになる。どうもすいません。

俺は下町の煮込み屋のほうがいいや。

あとがきにかえて

上品、下品

愛も友情も無く、彼女を抱き、友と笑い合う
傷つく事、が嫌な訳ではない
もっとお互いを曝《さら》け出して、なんて言う下品な奴
日本文化はもっと高尚で、精神的である
人の喜ぶ姿を見て、それを自分の喜びと
けっして人にそれを気づかせない事

それがジャパニーズの世界に誇る
時代遅れの、マヌケな、男の精神
俺はそれが好き、だから困る
上品とはそういうもんだ

（所収／ビートたけし詩集『僕は馬鹿になった。』祥伝社）

本書は、二〇〇九年三月、小社より単行本『下世話の作法』
として発行された作品を文庫化したものです。

企画協力／オフィス北野
編集協力／オフィス主

一〇〇字書評

切り取り線

購買動機（新聞、雑誌名を記入するか、あるいは○をつけてください）

- □（　　　　　　　　　　　　　）の広告を見て
- □（　　　　　　　　　　　　　）の書評を見て
- □ 知人のすすめで
- □ タイトルに惹かれて
- □ カバーがよかったから
- □ 内容が面白そうだから
- □ 好きな作家だから
- □ 好きな分野の本だから

●最近、最も感銘を受けた作品名をお書きください

●あなたのお好きな作家名をお書きください

●その他、ご要望がありましたらお書きください

住所	〒				
氏名		職業		年齢	

新刊情報等のパソコンメール配信を 希望する・しない	Eメール	※携帯には配信できません

あなたにお願い

この本の感想を、編集部までお寄せいただけたらありがたく存じます。今後の企画の参考にさせていただきます。Eメールでも結構です。

いただいた「一〇〇字書評」は、新聞・雑誌等に紹介させていただくことがあります。その場合はお礼として特製図書カードを差し上げます。

前ページの原稿用紙に書評をお書きの上、切り取り、左記までお送り下さい。宛先の住所は不要です。

なお、ご記入いただいたお名前、ご住所等は、書評紹介の事前了解、謝礼のお届けのためだけに利用し、そのほかの目的のために利用することはありません。

〒一〇一―八七〇一
祥伝社黄金文庫編集長　吉田浩行
☎〇三（三二六五）二〇八四
ohgon@shodensha.co.jp

祥伝社ホームページの「ブックレビュー」からも、書けるようになりました。
http://www.shodensha.co.jp/bookreview/

祥伝社黄金文庫

下《げ》世《せ》話《わ》の作《さ》法《ほう》

平成23年9月5日　初版第1刷発行

著　者　ビートたけし
発行者　竹内和芳
発行所　祥伝社《しょうでんしゃ》
〒101－8701
東京都千代田区神田神保町3－3
電話　03（3265）2084（編集部）
電話　03（3265）2081（販売部）
電話　03（3265）3622（業務部）
http://www.shodensha.co.jp/
印刷所　堀内印刷
製本所　ナショナル製本

Printed in Japan　©2011, Takeshi Kitano　ISBN978-4-396-31554-2 C0195

祥伝社黄金文庫

ビートたけし
ビートたけし詩集
僕は馬鹿になった。
久々に、真夜中に独り、考えている自分を発見。結局、これは「独り言」に過ぎません。(「まえがき」より)

ビートたけし
ビートたけし童話集
路《みち》に落ちてた月
「教訓も、癒しも、勝ち負けも、魔法も、無い。あるのは……何も無くても良いです」(まえがきにかえて)

井村和清
飛鳥《あすか》へ、そしてまだ見ぬ子へ
不治の病に冒された青年医師が、最後まで生きる勇気と優しさを失わず家族に向けて綴った感動の遺稿集。

斎藤茂太
いくつになっても「輝いている人」の共通点
今日から変われる、ちょっとした工夫と技術。それで健康・快食快眠・笑顔・ボケ知らず!

斎藤茂太
絶対に「自分の非」を認めない困った人たち
「聞いてません」と言い訳、「私のせいじゃない」と開き直る「すみません」が言えない人とのつき合い方。

斎藤茂太
いくつになっても「好かれる人」の理由
人間は、いくつになっても人間関係が人生の基本。いい人間関係が保たれている人は、いつもイキイキ。